www.tredition.de

AF196288

Iris Bittner

Wer eine solche Tante hat

kann einiges erzählen

www.tredition.de

© 2019 Iris Bittner

Verlag und Druck: tredition GmbH, Hamburg

ISBN
Paperback: 978-3-7482-2205-7
Hardcover: 978-3-7482-2206-4
e-Book: 978-3-7482-2207-1

1

Als Kinder hatten wir Angst vor ihr. Vielmehr, da ich nur für mich selbst sprechen kann, *ich* hatte Angst vor ihr. Das lag vor allem daran, dass sie bei kleinsten Vergehen, wie Nase hochziehen, bei Tisch lümmeln oder gar den Erwachsenen widersprechen, sofort mit den schlimmsten Höllenstrafen drohte. Unartige Kinder mussten früh sterben und landeten umgehend im Fegefeuer, bevor sie vom Teufel geholt wurden. Nichts da mit Engelein auf luftigen Wolken oder so.

Ich wurde evangelisch getauft und erzogen, hatte demnach keine Möglichkeit zur Beichte zu gehen, wo ein Priester entschied, was zu tun sei, um die vielen Kindersünden erlassen zu kriegen, das Ganze noch bedrohlicher machte. Das hielt mir Tante Josefine jedenfalls bei jeder Gelegenheit anklagend vor, gerade, als hätte ich meine Konfession böswillig selbst ausgesucht. Wenn sie eine derartige Strafpredigt hielt, wurde ihre Stimme laut und schrill und steigerte sich je nach Anlass bis zum hysterischen Kreischen. Danach schlug sie seufzend das Kreuzzeichen und wandte sich wieder ihrer Stickerei zu, oder womit sie gerade beschäftigt war.

Tante Josefine hatte natürlich auch eine andere Seite. Das war die freundliche Tante, die Äpfel schälte, mich mit frisch gepflückten Erdbeeren fütterte, laut und lustig im Erzgebirgsdialekt das Lied vom Vogelbeerbaum sang, mich dabei an den Händen packte und im Kreis herumwirbelte.

Die am Küchentisch mit uns Kindern siebzehn und vier spielte und mich die meisten Reiskörner, um die gezockt wurde, gewinnen ließ. Und manchmal gruslige Geschichten vom Rübezahl erzählte. Der, neben dem Teufel, auch des Öfteren als Drohmittel diente, wenn auch nicht ganz so bedrohlich, und einen angenehmen Schauer vor dem Einschlafen verursachte. In solchen Momenten stieg sie zu meiner Lieblingstante auf.

Im Laufe der vielen Sommer, die ich bei den Großeltern erlebte, hatte ich gelernt, Tante Josefines Sprache, ein merkwürdiges Gemisch aus oberbayrischen Begriffen und Erzgebirgisch, zu verstehen. Sie selbst verbrachte ebenfalls jeden Sommer im Haus ihrer Eltern und hielt sich in dieser Zeit für erziehungsberechtigt. Begründet durch den Umstand, dass Tante Josefine nun mal die Zwillingsschwester meines Vaters war.

Vaters größter Fehler war in ihren Augen, dass er mit einer evangelischen Frau verheiratet war und insgesamt die religiöse Erziehung seiner Kinder vernachlässigte. Diese Tatsache bewirkte neben unzähligen anderen Charakterunterschieden, dass sich die Geschwisterliebe lebenslang in Grenzen hielt und nur selten etwas wie eine gelöste Atmosphäre entstand, wenn die Zwillingsgeschwister zusammen waren. So fühlte sie sich berufen, ihrerseits alles ihr nur mögliche für das Seelenheil der Nichten zu veranstalten.

Sonntags zog sie ihr Festtagesdirndl an, das die kleine, mollige Frau mit ihrem geflochtenen hochgesteckten dunklen Haar zugegeben richtig hübsch aussehen ließ, und marschierte mit den Kindern an der Hand zur Messe. Zu diesem Dirndl hatte sie sich eigens eine hochgeschlossene Bluse schneidern lassen. Einmal, weil man dem Herrn Hochwürden nicht mit Dekolletee gegenüber treten durfte, und davon abgesehen hielt sie alles, was einen Zentimeter blanke Haut erkennen ließ, für absolut schamlos. Speziell für diese Kirchgänge musste ich schon in frühster Kindheit lernen, fehlerfrei das Ave Maria aufzusagen, und dass ich mir am Kirchenportal den Finger mit Weihwasser zu befeuchten und damit das Kreuzzeichen auf mein Gesicht zu malen hatte. In richtiger Reihenfolge versteht sich; damit hatte ich längere Zeit meine

Schwierigkeiten (womit ich glaube ich schon wieder ein paar Tage Fegefeuer riskierte).

Einmal jedes Jahr zur Fronleichnamsprozession wurde ich in ein rosafarbenes Rüschenkleid gesteckt und musste mit anderen Kindern, die ich alle nicht kannte, vor dem Pfarrer herlaufen und aus einem Körbchen welkende Blütenköpfe ausstreuen. Die Menschen murmelten Gebete und sangen, Hochwürden schritt im Schatten eines von vier kräftigen Männern geschleppten prächtigen Baldachins gemächlich dahin; ich schwitzte im züchtigen Rüschenkleid mit den langen Ärmeln in der prallen Junisonne und träumte von Planschbecken und Shorts. So ein Fronleichnamsumzug kann sich ziehen...

In diesem Sommer am Fronleichnamsfest, sonnig und hochsommerlich heiß, die Prozession war überstanden, das Plantschbecken – es war eine zweckentfremdete große Zinkwanne - stand gefüllt im Garten, wir Kinder hüpften begeistert im lauwarmen Wasser herum, waren auch unsere Eltern zum Festschmaus eingeladen. Tante Josefine war damit beschäftigt, das Mittagessen zuzubereiten.

Während der Wintersportsaison - also meist zwischen Oktober und Mai - nahm sie stets eine Beschäftigung als Köchin in einem der damals gerade in Mode kommenden Sport- oder Kurhotels im Alpenland an. Josefine war eine hervorragende Köchin; wenn es beruflich von ihr erwartet wurde kochte sie die schmackhaftesten Gerichte. Sie hätte auch im Privatleben eine hervorragende Köchin sein können, wäre da nicht ihre Idee gewesen, dass Kinder und alte Menschen einer strengen Schonkost bedürften. Als alte Menschen betrachtete sie die Großeltern, beide unter sechzig und beide kerngesund. Dementsprechend wurde der beste Braten zu einer weichen, in irgend einem gesunden Öl gedünsteten und keinesfalls knusprig gebraten Fleischmasse. Salz, Zucker, Sahne galten als absolut unverträglich, weshalb sie nicht vorkamen, genauso wenig wie Rohkostsalate (unverdaulich). Statt dessen gab es als Beilage bis zur Unkenntlichkeit weichgekochtes Gemüse ohne Butter und ungesalzene Kartoffeln. Zum Dessert wässriges Apfelkompott, selbstredend ungesüßt und damit ungenießbar. Wie eben alles, was sie uns vorsetzte. Was kinderseits unlustiges im Essen herumstochern und Genörgel bewirkte, etwas kleinlaut wegen des zu erwartenden Fegefeuers.

Papa war da nicht so zimperlich, er lästerte ziemlich unhöflich und fragte schamlos, ob sie ihre Hotelgäste ebenso fürchterlich gesund und geschmacklos verköstige wie ihre Familie, und wo sie gelernt hätte, so schrecklich zu Kochen. Mama gab sich die beste Mühe zu schlichten, bevor offener Streit ausbrach, nahm höflich-keitshalber einige Bissen zu sich und erlaubte uns Kindern schließlich, aufzustehen und im Garten zu spielen. Papa gesellte sich sehr bald zu uns, in Badehosen nicht ganz korrekt gekleidet, aber dem Wetter angemessen.

Die Großeltern wollten in Begleitung der Enkelkinder einen kleinen Verdauungsspaziergang machen, wozu sie letztendlich genau ohne diese Begleitung aufbrachen. Wir wollten, anstatt sinnlos im Wald herum zu laufen, viel lieber im Wasser panschen. Verstoß gegen irgendein göttliches Gebot, das besagte, wie man sich Eltern gegenüber aufzuführen hatte, welches Tante Josefine großzügig auf die Großeltern ausweitete. Androhung einer schweren Höllenstrafe. Grinsende Absolution von Papa.

Josefine und Mama räumten in etwas gezwungener Eintracht die Küche auf und begaben sich danach mit je einer Tasse Kräu-tertee in der Hand und auch einer für Papa - Kaffee sei für alle extrem ungesund, nicht nur für Kinder und Greise – in den Gar-ten. Mama verlangte es nach Ruhe, nach einem Liegestuhl und nach einer Zigarette, die sie irgendwo hinter einem Gesträuch verborgen von Papa unbemerkt genießen wollte, Tante Josefine ließ sich aufatmend in einen Korbstuhl fallen, und es hätte noch ein einigermaßen harmonischer Nachmittag werden können...

Doch dann fiel Tante Josefines entsetzter Blick auf die Reihe Beete, auf welchen diverse Gemüsearten matt vor sich hin welkten, und sie rumpelte hoch. Während sie Papa lautstark vorhielt, warum er sich nicht um den Garten der Eltern kümmere und statt dessen blöd wie ein Kleinkind im Planschbecken herum hopse, entrollte sie den Gartenschlauch und begann unter Schimpfen, die Gemüsebeete zu sprengen.

Was Papa zu folgender Aktion verleitete, ist im Rückblick nicht mehr genau festzustellen. Das schlimme Mittagessen, Josefines stetige Schimpferei, die Hitze oder der Kräutertee? Vermutlich trug alles seinen Teil dazu bei, dass er uns Kindern zuzwinkerte und raunte, wir sollten die Tante im Auge behalten, die gleich ganz arg schreien würde.

Sodann begab er sich rasch und leise zum Wasserhahn, wo er den weiteren Zulauf zum Gartenschlauch stoppte. Was Tante Josefine wie vorgesehen veranlasste, verdutzt das Schlauchende vor ihre Augen zu heben um herauszufinden, warum denn um des lieben Himmels Willen kein Wasser mehr herauskam. Woraufhin Papa flugs das Wasser wieder anstellte und Josefine eine gehörige Dusche abbekam. So gehörig, dass sie laut kreischend den Gartenschlauch im hohen Bogen von sich warf, der darauf das Feiertagsdirndl von unter her gründlich einweichte, das sofort im wahrsten Sinne wie ein nasser Sack an ihr herunter baumelte Auch die aufgesteckten Flechten verloren an Fasson. Wir Kinder kugelten uns vor Lachen im Planschbecken, Mama lachte schallend, ebenso Papa. Und wie jeder Mensch mit nur einer Spur Humor gelacht hätte – hallo?! es war brutheiß und sonnig! Nicht so Tante Josefine, die mit Blicken Giftpfeile gegen Papa schoss, wer weiß welche Heiligen als Zeugen anrief und wutentbrannt ins Haus stapfte.

Während der entstandenen Unruhe wurde meine große Schwester zu allem Überfluss von einer Biene in die Wange gestochen. Oma kam mit einem essiggetränkten Lappen angerannt und klatschte ihn Jutta auf die rote, dick geschwollene Backe, was ihr Wehgeschrei eher noch verstärkte.

Es folgte ein hastiger Aufbruch und somit ein vorzeitiges Ende sämtlicher Feierlichkeiten.

Wo Tante Josefine den restlichen Sommer verbrachte ist mir nicht bekannt. Am Abend des gleichen Tages verabschiedete sie sich mit gepacktem Koffer weinend von ihren Eltern, sie bliebe keine Stunde länger in diesem Haus, solange diese Familie, also die ihres Bruders, ein Haufen schrecklicher Menschen, dort verkehren dürften, und ließ sich von einem Taxi zum nächsten Bahnhof fahren.

2

Um es gleich vorweg zu nehmen: Mein doch eher ambivalentes Verhältnis zu Tante Josefine blieb, wenn auch in veränderten Erscheinungsformen, bis an ihr Ende bestehen.

Die Angst *vor* ihr wandelte sich von belustigtem Kopfschütteln über sorgenvolles Stirnrunzeln schließlich, als sie sehr alt war, in Angst *um* sie.

Wo ich sie als Lieblingstante gesehen hatte, wurde ich zur bereitwilligen Hilfe in allen möglichen Lebenssituationen, die sie mit steigendem Alter nicht mehr bewältigen konnte. Oder zumindest zur pflichtbewussten Verwandten.

Auch wie ich sie nannte, änderte sich mit den Jahren. Aus Tante Josefine wurde Tantchen Josefinchen, dann eine Zeit lang Josefine. Als Teenager riefen wir sie Joe. Aber nicht lange, denn das wies sie entrüstet zurück, sie sei doch kein Ami! Dass sie schließlich Finchen genannt wurde, gefiel ihr gut, und so blieb es dabei. Und als sie dann sehr alt war, traf es dieser Name genau. Da war sie tatsächlich ein liebenswertes kleines Finchen geworden, das zwar weiterhin schimpfen konnte wie ein Rohrspatz und es trotz aller von mir aufgebrachten Geduld gelegentlich noch schaffte, mich zu kränken. Da war sie dann für mich in Gedanken die alte Fine, die es halt nicht besser wusste. Die meiste Zeit aber hatte ich sie einigermaßen lieb.

Die folgende Geschichte spielte sich in der ´Joe´ Phase ab. Da war ich beinahe 15 Jahre alt und hatte einen ganz besonderen Drang nach Freiheit. Es waren die späten 1960iger Jahre.

Die Tante arbeitete nach wie vor während der Wintersportsaison als Köchin; seit einigen Jahren hatte sie einen festen Platz in einem der Ruhpoldinger Kurhotels, verdiente relativ gut und leistete sich den kleinen Luxus einer dauerhaften Ferienwohnung. Mieten in einem Kurort waren noch nie billig. Diese Wohnung hielt sie auch während des Sommers, obwohl sie die Monate Juni bis September nach wie vor in ihrem Elternhaus verbrachte.

Als die Großeltern relativ jung starben, wurde deren riesiges Grundstück zwischen den Zwillingen geteilt. Papa erhielt das Haus und den halben Garten, Finchen die andere Hälfte des Gartens und etwas Geld. Davon ließ sie in ihrer Gartenhälfte ein kleines Häuschen bauen, wo sie fortan die Sommermonate verbrachte. Das Haus der Großeltern stand für längere Jahre leer, der Garten verwilderte.

In diesem Sommer war mein Freiheitsdrang so weit gewachsen, dass ich es als unzumutbare Härte betrachtete, wie jedes Jahr mit den Eltern zu Rucksack-Tagesausflügen oder mit dem Fahrrad zum Schwimmen ins Freibad aufzubrechen. Ich war ja schließlich kein Schulkind mit Sommerferien mehr, ich war eine junge Dame, die im ersten Ausbildungsjahr stand und Urlaub hatte. Meine beste Freundin Maria war zwar noch ein Schulmädchen – im Gegensatz zu mir hatte sie *nicht* das Gymnasium geschmissen – sie war aber ein Jahr älter als ich und damit auf alle Fälle höchst erwachsen. Auch Marias Freiheitsdrang war gewaltig.

Nach langwierigen Verhandlungen mit den jeweiligen Eltern, gepaart mit diversen Zusagen betreffend der künftigen Leistungen in Schule / Ausbildung und Versprechungen bezüglich künftigen Wohlverhaltens sowie flehentlichem Bitten und Betteln hatten wir beiden Mädchen es doch wirklich geschafft, einen gemeinsamen Urlaub ohne Eltern genehmigt zu bekommen. Uns wurde erlaubt, mit der Eisenbahn nach Ruhpolding zu reisen und dort unter erstmals eigener Verantwortung und Regie eine Woche in der Wohnung der Tante zu verbringen.

„Wie ihr die Josefine dazu überredet, euch ihre Wohnung zu überlassen, ist allerdings euer Problem, und viel Spaß dabei!", grinste Papa und hoffte vermutlich auf eine Abfuhr.

Der einzige Fahrradausflug in jenem Sommer führte uns natürlich Tags darauf zu Finchen, die wir antrafen, als sie gerade eine Pause von der Gartenarbeit einlegte, Kräutertee trank und ihre Katze liebevoll streichelte.

Mit Engelszungen lobten wir die süße, ach so knuddelige Katze, gaben vor, den köstlichen Kräutertee geradezu zu lieben, boten freiwillig an, ein paar Beete zu jäten und schlichen und schleimten so unauffällig wie möglich um Finchen herum.

Sehr geschickt ließen wir unsere übergroße Begeisterung für Oberbayern und dort ganz besonders die Berge ins Gespräch einfließen, kreisten Finchen immer mehr ein und rückten schließlich mit unserem Anliegen heraus.

„Ja, Kinder, da habt ihr recht, Ruhpolding ist ein ganz besonders schöner Urlaubsort, die Natur, und erst die Luft! Und die Kurkapelle und der Tanztee!"

Naja, viel frische Luft und Natur sahen zwar unsere Urlaubspläne nicht vor, geschweige denn eine Brauchtumskapelle und Tanztee, aber musste man denn immer alles so deutlich sagen? Also nickten wir eifrig und bekräftigten, wie sehr wir gerade dieses so gerne einmal erleben würden usw., usw.

„Nun, das ist sehr brav von euch Mädchen, euch so etwas zu wünschen! Denn leider haben ja die meisten Jugendlichen heutzutage nur noch Negermusik und Discos im Kopf" (hatten wir auch). Kopfschütteln, Seufzen „oder sogar schon die Mannsbilder... (ja, ohne Zweifel, das auch). Trotzdem muss ich euch leider vorläufig eure Bitte abschlagen, so leid es mir auch tut. Denn wie ihr seht, braucht der Garten gerade im Sommer so viel Pflege, und auch die Katze braucht mich hier, die kann ich erst wieder im Winter zu den Nachbarn geben. Ich kann unmöglich verreisen!"

Au weia, welch ein Missverständnis! Maria und ich sahen uns resigniert an, um nach einem weiteren Schluck grässlichen Kräutertees Finchen weiter zu beackern. Diesmal etwas deutlicher unseren eigentlichen Wunsch formulierend.

Das Betteln und Versprechen gestaltete sich ungleich heftiger als den Eltern gegenüber, schloss auch eine genau festgelegte Anzahl zukünftiger Gottesdienstbesuche mit ein, und führte schlussendlich tatsächlich zum gewünschten Erfolg.

Unter einem skeptischen „ich glaube aber trotzdem, dass eure Eltern sehr leichtsinnig sind, euch das zu erlauben!", rückte Finchen den heißbegehrten Wohnungsschlüssel heraus, nicht ohne auf Anstand, Ordnung und Sauberkeit hinzuweisen.

Wenige Tage später standen wir, flankiert von zwei besorgten Elternpaaren, auf dem Bahnsteig. Endlich erlöste uns der einfahrende Zug von den obligatorischen Ermahnungen, Anweisungen und Verhaltensregeln, wir gelobten alles was von uns erwartet wurde, und auch, uns bei Ankunft umgehend telefonisch zu melden.

Der Zug hatte den Bahnhof verlassen, Maria und ich hatten bereits das Nichtraucherabteil verlassen und uns im Raucherbereich die ersten Zigaretten angezündet. Die stundenlange Bahnfahrt nutzten wir, um unsere Röcke aus den Koffern zu holen, dazu ein Reisenähetui, und uns emsig an wichtige Handarbeiten zu machen. Bei Erreichen des Zielortes hatten sich unsere Röcke wie durch Geisterhand um zwei Handbreiten verkürzt. Mit der Rocklänge, die von den Eltern gestattet war, konnte man sich ja wohl schlecht in der Öffentlichkeit zeigen! Wie peinlich wäre das gewesen...(die Eltern sahen das genau umgekehrt: sie hielten Röcke, die mit Müh und Not den Po verdeckten, für peinlich).

Unter der angegebenen Adresse fanden wir leicht Finchens Ferienappartement. Nach einer ausgiebigen Dusche spazierten wir in den Ort, um uns mit dem Nötigsten zu versorgen. Was in erster

Linie verbotene Genussmittel – sprich Zigaretten und Wein - sowie ein paar Lebensmittel umfasste. Zugleich inspizierten wir den Ort nach Verlustierungsangeboten. Wir entdeckten eine Disco, eine Milchbar, ein herrliches Naturschwimmbad, und natürlich Kuranlagen samt Kurhaus.

Wir waren uns einig, um letztere eine großen Bogen zu machen, aber unbedingt nachmittags dem Schwimmbad einen Besuch abzustatten. Für den Abend stand selbstverständlich eine erste Visite der Disco auf dem Plan. In die Milchbar könne man ja gelegentlich mal reinschauen, es waren reichlich junge Leute drin und daher nicht ganz uninteressant.

Der Schwimmbadbesuch bescherte uns neben sportlicher Erfrischung erste Kontakte mit Jungs, natürlich Touristen wie wir, und eine Verabredung mit diesen, abends im Tanzschuppen.

Der Abend gestaltete sich mit Tanzen nach wilden Rhythmen, mäßigem Alkoholgenuss und Knutschen in dunklen Ecken mit besagten Jungs. Wirklich nur Knutschen, harmlos und unschuldig wie die Lämmer. Für uns beide jedoch enorm aufregend und prickelnd, da neu und ganz bestimmt verboten, und die Jungs waren zu unserem Glück ebenso unaufgeklärt und ahnungslos wie wir.

Wobei ich ohnehin die Geschichte von der großen sexuellen Freiheit der späten 1960er für maßlos übertrieben halte. Es mag sie ja gegeben haben, die hemmungslose, ungezügelte Lustentfaltung. Möglicherweise vereinzelt in Großstädten, eventuell unter einigen älteren Studenten der Soziologie, und ganz besonders in der verklärenden Erinnerung heute bereits älterer Herren. Jedenfalls nicht bei uns naiven Landeiern. Braver als um diese Zeit war ich niemals mehr!

Ende Ausflug in die Sexualmoral der 68er.

Beginn mehrerer Ausflüge per Autostopp in die nähere Umgebung Ruhpoldings. Das Geld, welches uns die Eltern zum Zweck des Fahrscheinerwerbs für diverse empfohlene Ausflüge mitgegeben hatten, war ja bereits in weiter oben erwähnte Genussmittel umgesetzt worden. Weiter als bis Kufstein und Salzburg kamen Maria und ich allerdings nicht in diesem Urlaub, und eigentlich interessierte uns die Geografie auch nicht wirklich. Allein schon das Trampen, am Straßenrand stehen mit erhobenem Daumen und damit das angenehme Gefühl, schon wieder ein Verbot zu übertreten, gepaart mit ein ganz klein wenig schlechtem Gewissen, war diese Ausflüge wert. Mit ein paar der Jungs, die wir bei diesen Gelegenheiten trafen, verabredeten wir uns für die Abende in der Disco, das weitere wie gehabt.

Und so eilten vier wunderschöne Ferientage dahin. Am zweiten Tag war uns die versprochene telefonische Meldung bei den Eltern wieder eingefallen, wir holten sie pflichtschuldigst, gespickt mit allerhand Ausreden, nach. Wobei uns zugute kam, dass das Mobiltelefon damals noch nicht erfunden war.

Um die Mittagszeit des fünften Tages, nach einem Besuch der Milchbar, saßen Maria und ich faul in der Sonne auf dem Balkon der Ferienwohnung, waren zu träge fürs Schwimmbad und zu bequem, schon wieder die Umgebung per Anhalter zu erkunden und legten deshalb einen Ruhenachmittag ein. Planten unsere Aktivitäten für die kommenden Tage, drei waren es jetzt nur noch, die wollten sinnvoll gestaltet sein. Was in erster Linie das Vertilgen einer großen Pizza als Stärkung vor den abendlichen Verrenkungen zur Discomusik beinhaltete, alles weitere würde man auf sich zukommen lassen. Pizza und Diskothek waren für uns nicht zuletzt deshalb von besonderer Bedeutung, weil an unserem sehr ländlichen Wohnort zuhause beides nur unter großen Schwierigkeiten zu bekommen war. Disco außerdem nicht gestattet, da viel zu jung.

So lümmelten wir in unseren Bikinis, eine geöffnete Weinflasche griffbereit in der Nähe, glimmende Zigaretten in der Hand, auf Finchens Balkon, als uns plötzlich und unerwartet Thors

Hammer traf. Mit jeder nur vorstellbaren Wucht. Er trat auf in Gestalt niemandes geringeren als Finchen höchstpersönlich. Tante Josefine, die klein und mollig durch die Balkontür schritt, uns jedoch in diesem Moment groß und mächtig und überaus erschreckend erschien.

Zu Finchens Entlastung sei gesagt, dass beim Anblick zweier rauchender, leicht alkoholisierter, zudem halbnackter Teenager, von denen eine ihre eigene missratene Nichte war, ihr eigener Schock nicht geringer ausfiel als der unsere.

Obwohl damals selten um Ausflüchte verlegen, fehlten sowohl Maria als auch mir sekundenlang die Worte. Finchen dagegen hatte sich rasch wieder gefasst und begann umgehend mit einer Schimpftirade, die es in sich hatte. Die Worte schlampig und unfolgsam waren noch die mildesten Begriffe, die sie für uns fand, gefolgt von verlogen, sündhaft, unzüchtig, verdorben, schamlos .

„So hatte ich also wieder einmal Recht, man kann euch einfach nicht unbeaufsichtigt lassen! Eure armen Eltern werden mir dankbar sein, dass ich auf mein schlechtes Gefühl hörte, sofort losfuhr und gerade noch das Schlimmste verhindern kann! Hätte ich euch doch nur nie den Schlüssel überlassen! Ich wusste ja von Anfang an, dass die Erlaubnis eurer Eltern, ganz selbständig zu verreisen, eine furchtbare Fehlentscheidung war. Und ich habe es auch noch unterstützt! Oh Gott, Kinder alleine wegzuschicken, so dumm und gefährlich!"

„Sieht so bei euch Ordnung aus? Meine ganze Wohnung ist rettungslos verwüstet!" Das war das nächste Kapitel ihrer – ein wenig durchaus berechtigten - Beschuldigungen. Wobei das Wort verwüstet schon leicht fehl am Platz war. Wir hatten uns ganz fest vorgenommen, am Vorabend unserer Abreise, nach dem letztmaligen Besuch im Tanzschuppen, die Wohnung wieder in ihren ordentlichen Ursprungszustand zu versetzen, bis dahin jedoch keine wertvolle Ferienstunde mit Aufräumen zu vergeuden.

Maria und ich ließen also die einigermaßen selbst verschuldete Abkanzelung, die entrüstete Moralpredigt samt sämtlicher verdienter, zum Teil auch unverdienter Vorwürfe mit hängenden Köpfen über uns ergehen bzw. an uns abgleiten. Etwaige gestammelte Erklärungs- und Entschuldigungsversuche ließ Finchen nicht gelten, verordnete uns als erstes das umgehende Anlegen anständiger Kleidung, warf die Zigarettenpackung in den Mülleimer und kippte eigenhändig den Rest aus der Weinflasche ins Klo.

Sodann war Ordnung machen angesagt. Während wir also unser Chaos beseitigten und Finchen in der Küche hantierte, verflog ein Großteil ihres Ärgers, und sie überraschte uns mit einem frühen Abendessen. Frikadellen, blässlich in Leinöl gedünstet, Karottenbrei, salzlose Bratkartoffeln ohne Kruste. Wohin war unsere Pizza entfleucht?

Wir wagten selbstverständlich kein negatives Wort über das Essen; so war Finchen bald wieder ausgesöhnt und versprach, während der verbleibenden Ferientage viele schöne Sachen mit uns zu unternehmen.

Was da waren: Vormittags zum Einkaufen hinter ihr hertrotten, unterwegs eine Bananenmilch aus der Milchbar – zum Mitnehmen versteht sich, wer konnte wissen, welches Gesindel sich drinnen aufhielt? Nachmittags Wanderungen zu diversen Almen, sodass wir beide abends für jegliche Discoaktivität viel zu kaputt waren. Wäre uns ja sowieso niemals gestattet worden.

Eine Bahnfahrt nach Salzburg inklusive Kutschfahrt, außer Maria und mir nur Senioren, also Menschen jenseits der vierzig, in der Kutsche. Die äußerten sich lobend, dass Finchens zwei junge Begleiterinnen offenbar nicht diesen Modeunsinn der Miniröcke mitmachten. Um ihren Großmut zu vervollkommnen hatte sich Finchen nämlich mehrere Stunden der ersten Nacht um die Ohren geschlagen und die mühevoll gekürzten Säume unserer Röcke wieder auf eine sittlich angemessene Länge gebracht.

Das absolute Highlight dieser Ferien hatte Finchen für uns am Nachmittag vor der Abreise parat. Mangels Dirndl in unsere knielangen Röcke und hochgeschlossene Blusen gekleidet, führte sie uns doch wirklich zum Tanztee ins Kurhaus! Die Kurkapelle spielte muntere Weisen, soll heißen, irgendwelche langweiligen Schlagermelodien aus Finchens und der anderen Anwesenden besten Jahre. Finchen tanzte munter mit diversen älteren Herren, und damit nicht genug, brachte sie diese Herren auch dazu, die beiden jungen Mädels zum Tanz zu holen, welche dann unbeholfen am Arm jener Herren auf der Tanzfläche herumstolperten.

An diesem Tag und noch Wochen später, als wir längst wieder zuhause unter Obhut der Eltern waren, hasste ich Finchen abgrundtief. Das hat sich mit der Zeit wieder relativiert.

3

Es vergingen Jahre, in denen sich der Kontakt zu Finchen in sehr engen Grenzen bewegte. Ich war mit Pubertät, erwachsen werden, Heiraten, einen wunderbaren Sohn in die Welt setzen und anderen mehr oder minder alltäglichen Beschäftigungen ausgefüllt.

Von der Tante bekam ich eher aus Berichten meiner Eltern mit, dass sie im Alter von 47 Jahren letztlich doch noch den geeigneten Mann geehelicht hatte. Der war 25 Jahre älter, pensioniert und ziemlich gut situiert. Und jenseits von Gut und Böse, sodass sich Finchens Vorstellung einer absolut geschlechtslosen Ehe ganz einfach verwirklichen ließ. Onkel Rudi begegnete ich bei nur wenigen Gelegenheiten, da war er mir immer etwas unheimlich. Er blieb mir bis an sein Lebensende eher fremd.

Mein eigenes Leben ging weiter mit Alltagsangelegenheiten wie Trennung, Verpaarung mit einem neuen Partner, Teilzeitjob, Hauskauf- und Renovierung, dem Sohn Hilfestellung beim groß werden leisten und ihn schließlich zwecks Studium in die Welt zu entlassen. Und noch einiges mehr. Besonders Aufsehen erregendes war nicht dabei.

Irgendwann in dieser Zeit mutierte ich für Tante Josefine zum schwarzen Schaf der Familie. Ich hatte eine christlich geschlossene Ehe verlassen und lebte nun in einem unordentlichen Verhältnis mit einem Mann zusammen, der, bärtig und langhaarig, im Ort den Ruf als linker Revoluzzer hatte und wer weiß was noch Schlimmeres. Dieses Schlimmere brachte Finchens Nachbar, Albert Egger, auf und bezichtigte Henry und mich der Rauschgiftsucht und des Ehebruchs. Das war in Finchens Augen unverzeihlich, obgleich es natürlich komplett erlogen war.

Ihre Meinung zu Henry änderte sich glücklicherweise, als er, da sie von dem von ihr beauftragten Gartenbauunternehmen versetzt wurde, ihre Obstbäume durch einen Radikalschnitt zu neuem Leben erweckte und auch sonst ihren Garten auf Vordermann brachte. Solange Henry lebte, konnte sie ihn dann ganz gut leiden.

Herrn Egger kann ich dagegen bis heute nicht leiden, er weiß noch immer *nichts*, doch dafür alles besser und ist ein neugieriger, übelwollender Zeitgenosse. Ich muss aber zugeben, dass er für Finchen eine große Hilfe war, speziell als Onkel Rudi im Alter von 96 starb, nachdem sie ihn bis dahin monatelang aufopfernd gepflegt hatte. Albert Egger half ihr mit dem Geflügel, welches sie bis ins hohe Alter hielt und fungierte während ihrer immer noch regelmäßigen winterlichen Aufenthalte in Ruhpolding auch als so etwas wie Hausmeister in ihrem Häuschen.

Auch Papa half ihr mit handwerklichen Dienstleistungen, solange er konnte. Trotz der lebenslangen Hassliebe, die zwischen den Zwillingen bestand, im höheren Alter jedoch durch Altersmilde nur noch in abgeschwächter Form existierte, vertrugen sich die beiden. Mal mehr, dann wieder weniger.

Als Papa mit 81 Jahren starb – Mama war schon viele Jahre vorher von uns gegangen – wurde Finchen quasi über Nacht zu meinem Erbteil. Nochmal deutlich: ich *erbte* sie persönlich, nicht ich *beerbte* sie. Das ist ein Unterschied. Dass ich als dereinstige Erbin ihres Anwesens nicht infrage kam, stand völlig fest. Erben waren dagegen – hier bin ich nicht sicher ob die Reihenfolge stimmt – eine gewisse Familie Nuhr, danach Marek aus Polen, die katholische Kirche mit einem lebenslangen Wohnrecht für Pater Josef, mein kleiner Bruder, meine große Schwester, noch einige andere, und zum Schluss Jean Tourniere, der den Omnibus fuhr, der sie zum Bahnhof brachte. Er steuerte auch das Taxi, welches sie zu Besorgungsfahrten, zum Arzt oder Friseur nutzte. Jean Tourniere war Eigentümer dieses Beförderungsunternehmens und wurde von allen nur Tschann genannt. Josefine war viel in Sachen Testament unterwegs, denn Testamente wurden notariell geschlossen und auch widerrufen, das ganze wiederholt und bei unterschiedlichen Notariaten. Tschann kutschierte sie mit Freuden dorthin und freute sich, auch einmal direkter Nutznießer der vielen Vererbungsaktionen geworden zu sein. Schließlich wurde auch dieses letzte Testament widerrufen.

Tante Josefine war ebenfalls schon 81, und, von einem leichten Diabetes abgesehen, körperlich sehr gesund. An Körpergröße und Leibesfülle hatte sie deutlich verloren, das brachte einfach das Alter mit sich. Sorgen bereiteten ihre rapide nachlassende Sehkraft, der völlige Verlust ihres Geruchssinnes, nachlassende kognitive Fähigkeiten und ganz besonders ihre Neigung zu Psychosen.

Demenz wurde erst kurz vor ihrem Ende diagnostiziert, das war im Vergleich zu den Psychosen schon wieder fast liebenswert. Ihre schon immer hohe Affinität zur Religion blieb bestehen und führe in Verbindung mit den Psychosen zu merkwürdigen Erscheinungsformen. Davon später.

So nahm ich also, nur halb freiwillig, meine neue Aufgabe als Pflicht erfüllende Verwandte schicksalsergeben in Angriff.

Finchens Haushalt glich zu dieser Zeit schon einer kleinen Müllkippe mit Zugang für alle Katzen der Umgebung einschließlich ihrer beiden eigenen sowie für den Teil ihres Geflügels, dem es gelang, aus dem Hühnergarten zu entkommen. Und alle hinterließen nicht gerade wenig von dem, was Hühner und Gänse eben bei jedem Schritt fallen lassen. Entsprechend streng war auch der Geruch. Für Josefine ein Segen, beizeiten den Geruchssinn verloren zu haben, für mich eine schlichte Zumutung. Ich war gezwungen, Finchen häufig zu beleidigen, indem ich jegliche angebotene Erfrischung dankend ablehnte, selbst als sie den Kräutertee eines Tages durch Kaffee ersetzte. Den Schmutz in ih-

rer einst so gepflegten Umgebung, die Essensreste auf dem ge-
spülten Geschirr, die Tierkacke auf Fußboden und Sitzmöbeln sah
sie nicht mehr und war daher der Überzeugung, eine Putzhilfe zu
engagieren sei eine überflüssige und viel zu kostspielige Spinne-
rei. Ihren kleinen Haushalt habe sie doch spielend im Griff!

Im Herbst sperrte sie weiterhin ihr Häuschen sorgfältig ab,
übergab Egger Schlüssel und Geflügel, packte ihre Katzen in Rei-
sekörbe und brach nach Ruhpolding auf, um dort zu überwintern.

4

So war also Finchen, meine ziemlich alte Nicht-Erb-Tante, die eigentlich Josefine hieß, eine Reisende zwischen zwei Wohnungen: Ruhpolding im Winter, den Sommer verbrachte sie im schönen Frankenland, ihre beiden Katzen stets an ihrer Seite. Finchens kleines Haus befand sich weit genug von dem meinen entfernt, um den Frieden wahren zu können, nah genug, dass ich regelmäßig nach ihr sehen konnte.

Finchen war wieder hier. Schließlich war es Frühling, höchste Zeit. Doch dieses Mal war eine mittlere Katastrophe passiert: Zitta, die grau-getigerte Katze, hatte sich vor Finchens Abreise unter dem Bett versteckt, ließ sich nicht mit guten Worten oder Katzenleckerli hervorlocken. Das Taxi war teuer, der Fahrer ungeduldig, letztendlich musste die Katze zurückbleiben. Nur Elias, der große Kater mit wunderschöner Boazeichnug im dunklen Fell, reiste mit Finchen in ihre Sommerresidenz.

Das Lamentieren war groß, und ich versprach, am Wochenende mit Finchen nach Ruhpolding zu fahren, um die Katze zu holen. Natürlich fuhren wir mit der Bahn; meinen Autofahrkünsten traut Finchen nicht im geringsten, und ich hab auch sicher keine Lust, 4 Stunden lang anzuhören, was ich alles falsch mache, dass ich zu schnell fahre und dass ich besonders bei jedem Lastwagen, der uns begegnet, anhalten muss, damit wir nicht zusammen krachen...

Ich suchte also im Internet eine geeignete Zugverbindung und bestimmte, wir reisen ohne Gepäck. Wäsche zum Wechseln, Waschzeug, sonst nix! Finchen setzte das um, indem sie Freitag Morgen mit 2 gut gefüllten Reisetaschen, in denen sich noch etliche leere Taschen befanden, bereit stand, als ich sie um 7 Uhr abholte, um zum Bahnhof zu fahren.

„Also, in Gottes Namen! Und wenn Tschann mit dem Bus kommt, weichst du ganz weit aus und hältst an. Der überfährt uns sonst sofort, der will mich nämlich umbringen!"

Am Bahnhof kämpften wir nur kurz mit dem Fahrkartenautomaten, denn um meine Nerven zu schonen, bat ich den nächstbesten Eisenbahner, meiner alten Tante dabei zu helfen.

Die Bahnfahrt mit dem Bummelzug nach Nürnberg verlief, nachdem wir das Einsteigen geschafft hatten, problemlos. Das Einsteigen ging so: zuerst werden die Taschen in den Zug gestellt. Dann jammert Finchen, dass doch hoffentlich die automatischen Türen nicht schließen, während sie gerade einsteigt, und sie doch nicht etwa einklemmen? Ich steige ein, nehme ihren Gehstock entgegen, reiche ihr die Hand. Sie klammert sich mit der anderen am Haltegriff fest, ich ziehe, sie klagt über Kreuzschmerzen und ist endlich im Zug. Also alles einigermaßen normal. Aber Finchen ist steigerungsfähig, und insgesamt musste ich diese Prozedur ziemlich oft über mich ergehen lassen, bei Hin- und Rückfahrt je 6 mal Ein- und 6 mal Aussteigen. Prozedur mal 12!

In Nürnberg kämpften wir uns mühsam über die Treppen (denn „ich benutze keine Rolltreppen, die bleiben plötzlich stehen und ich falle runter"), durch die Unterführung zum ICE nach München.

„Ob das der richtige Zug ist?"

„Ja!"

„Na, frag doch lieber mal einen Mann!"

Ich fragte also den Mann, der am nächsten stand, ob das der Zug nach München ist. Leider war es ein Japaner, der kein Deutsch verstand. Als Finchen das mitbekam, zupfte sie mich aufgeregt am Ärmel.

„Den doch nicht, frag doch den nicht!"

Ich wiederholte meine Frage auf Englisch und bekam bestätigt, ja, dies sei der Zug nach München. Von Finchen nur ärgerliches Kopfschütteln.

Wir fanden einen gemütlichen Platz mit Tisch. Finchen packte umgehend ihre Brotzeit aus, und ich schloss mich dem Frühstück an. Finchen sammelte sofort die Salami von meinen mitgebrachten Brötchen runter, denn vom weißen Mehl kriegt man doch Magenschleimhautentzündung, ob ich das denn nicht wüsste? Die Butter wurde mit dem Finger abgekratzt, alles irgendwie auf bröckeliges Knäckebrot gebracht, und dann, während sie ununterbrochen redete, brockenweise in den Mund geschoben. Zum Glück saß in der Nähe nur ein Student, der mit Knopf im Ohr Musik hörte und die Augen geschlossen hatte. So war es weniger peinlich, denn neben dem unappetitlichen Anblick eines Krümel spuckenden Finchen waren auch ihre Kommentare wirklich, wirklich schrecklich. Kein Themenfeld, über das sie nicht genaustens Bescheid weiß!

„Der Zug ist ja sehr schön und modern, hoffentlich kommen wir auch gut an und es passiert nichts. Damals bei der Titanic haben die Leute auch gesagt, sie sei unsinkbar, und dann kam dieser Eisberg - und so viele Tote!"

Ich wandte lässig ein, dass wir zu hundert Prozent auf unserer Reise von keinem Eisberg gerammt werden würden.

„Und dass die Amerikaner jetzt einen Schwarzen als Präsidenten haben, also so was!"

Als ich entgegnete, dass Obama nicht nur schwarz ist, sondern halb weiß, und deshalb beide Hautfarben gut vertreten kann, erfuhr ich, dass ja auch die Schwarzen in Amerika nicht studieren, aber ein Mischling ist ja doch vielleicht etwas intelligenter und hat also studiert, toll.

„Die Zigeuner in Ungarn sind nicht ganz so schlimm wie die Zigeuner in Rumänien, deren Frauen alle aus Indien kommen und sehr schön sind, aber die Männer gehen ständig auf Raubzug.

Die Arbeitslosen sollen erst mal arbeiten, bevor sie Geld verlangen, und die sind sowieso alle Lumpen. Genau wie die Ausländer. Ausgenommen die Österreicher, das sind ganz feine Menschen und ja sowieso Deutsche. Ja ja, beim Hitler war nicht alles schlecht, oh nein!

Es gibt drei Arten von Abtreibung, was brauchen die Mädchen denn Männer, wenn sie die Kinder nicht haben wollen?

Aber die Angelika Merkel", - „die heißt aber Angela!" - „die wählst du doch nächstes Mal auch, nicht wahr? Denn die macht ja wirklich für alle was, die ist gut!

Weißt du noch, als du ein Kind warst, da waren wir mal zusammen in Salzburg. Was ich damals auch sagte, du hast immer widersprochen, wolltest alles besser wissen. Ein richtiger Trotzkopf warst du damals. Bist du eigentlich immer noch so?"

„Nein, ich bin inzwischen erwachsen, wovon ich nichts weiß, dazu sage ich auch nichts."

Diese tolle Eingebung gab mir Gelegenheit, auf jeden Unsinn, den sie im Verlauf der Reise von sich gab, zu antworten: „ich weiß nichts über dieses Thema, kann also nichts dazu sagen..."

In München, nach der Aussteigeprozedur (hoffentlich geht die verdammte Automatiktür nicht gleich zu! Halt dich ja gut fest! Aua, mit dieser Hand geht es nicht, den Arm hatte ich doch mal gebrochen, das tut noch weh!) latschten wir einen endlos langen Bahnsteig entlang, langsam, wie es mit Finchen halt nur geht, und erreichten, acht Bahnsteige weiter, den Intercity nach Traunstein. Schon geübt, ging mir das Einsteigen leicht von der Hand und das Jammern nicht mehr so auf die Nerven.

Der Fahrkartenkontrolleur hatte zwei Streifen auf dem Uniformärmel, was Finchens höchste Bewunderung hervorrief, welch hoher Beamter das wohl sein müsse. Ich erklärte ihr, was die Streifen bedeuten: Einer, er kann lesen. Zwei, er kann schreiben. Drei, er kennt einen, der lesen und schreiben kann. Sie sah sich erschrocken um.

„Hoffentlich hat das keiner gehört, so etwas darfst du nicht so laut sagen, das kann ja schon Beamtenbeleidigung sein!"

Auch die Durchsagen in Deutsch und Englisch bewunderte sie zutiefst. „Das sind sehr gescheite Männer, die können sogar Englisch!" Diesen Satz hörte ich von da an nach jeder Durchsage.

Ankunft in Traunstein, routiniertes aus dem Zug Klettern, und dann eine Stunde Aufenthalt. Es war ungefähr 13 Uhr, also Schulschluss, und der Bahnhof wimmelte von Schülern, die besonders ausgelassen waren, da morgen die Osterferien begannen. Wir suchten uns eine Bank in der Sonne. Von dort aus beobachtete Finchen die Jugendlichen und sparte nicht mit lauter Kritik an den schamlosen Miniröcken der Mädchen, „ach ja, wenn die Röcke doch wenigstens nicht so eng wären, sonder eher weit, wie die Dirndlröcke, aber so sieht das ja unmöglich aus."

„Also wirklich Finchen, jeder kann doch anziehen was ihm gefällt, das ist wahrhaftig nicht so schlimm! Die Mädchen haben doch hübsche Beine, die können sie ruhig sehen lassen."

Im Gegensatz zu Finchen selbst, die folgendermaßen gekleidet war: beige Cordhose, Bluse mit groß-blumigem Rosenmuster, darüber eine Weste mit Brokatfäden und kleinem, dafür besonders bunten Blumenmuster, darüber offen getragen eine himmelblaue Leinenjacke mit deutlichen Schmutzrändern an Kragen, Rückseite und Ärmeln, wogegen sich auf der Vorderseite die Reste diverser undefinierbarer Mahlzeiten befanden. Als Krönung, locker um den Hals geschlungen, ein kreischbuntes Seidentuch.

Gut, es ging also im Bummelzug weiter nach Ruhpolding. Eine sehr freundliche Bahnmitarbeiterin besorgte für Finchen einen Sitzplatz im überfüllten Schülerzug. Ich stand auf dem Gang neben ihr. Sogleich erfuhren die Schüler und ich, dass das Bahnpersonal früher nicht so höflich war, damals waren es lauter Stoffel. Aber seit dem Mauerfall sei das besser geworden, in der DDR hätten die doch alle Höflichkeit und Ordnung gelernt, dort sei das den Leuten befohlen worden, und sie hätten es uns beigebracht. Und dass wir uns alle doch bitteschön irgendwo festhalten sollen, damit keiner hinfällt und sich verletzt. Sie habe damit schon die schlimmsten Erfahrungen gemacht, sie sei schon so oft gefallen... Als ich dann bei einer Haltestelle die Taschen aus dem Weg räumte, weil zwei junge Frauen gerne aussteigen wollten, wurde ich belehrt, dass das sicher keine jungen Frauen seien, allenfalls junge Fräuleins. Frau sei eine schließlich erst, wenn sie – na ja, so was halt.

Endlich in Ruhpolding! Meinen Vorschlag, mit einem Taxi zu ihrer Wohnung, die sich am anderen Ende der Ortschaft befindet, zu fahren, wies sie entrüstet zurück.

„Soll denn das Taxi an jedem Geschäft anhalten? Wir müssen doch unterwegs einkaufen!"

„Nein, wir müssen nicht einkaufen Alles, was du brauchst, bekommst du zu Hause, wenn wir wieder zurück sind!"

„Aber ich brauche doch auch ein bisschen was für heute!"

Das Bisschen was war dann: Im Reformhaus Diätkekse, Diätschokolade und 1 Kilo Hirse für die Hühner (die sie, wenn überhaupt, erst in ein paar Tagen in Breitenlohe bekommt!). Im Supermarkt Kaffee, Katzenfutter, Milch, Heidelbeeren. Sie wollte noch eine Salatgurke und Erdbeeren, aber ich konnte ihr die beiden letzten ausreden. Nun war mir klar, warum sie die vielen leeren Taschen mitschleppen musste: damit sie ihre Einkäufe verstauen kann, die ganz selbstverständlich mir aufgebürdet wurden. Beim

Metzger Weißwürste, Schinken, Leberwurst, beim Bäcker ein Pfund Brot, im Drogeriemarkt Katzenfutter und nochmals Diätschokolade. So tippelten wir im Schneckentempo durch ganz Ruhpolding. Ich, meine Reisetasche über der Schulter, in der rechten Hand Finchens Reisegepäck plus Einkäufe in mittlerweile 2 Taschen, Finchen schwer an meinem anderen Arm eingehängt mit ihrem Handtäschchen und dem unvermeidlichen Stock in der Hand. Die Arme wurden mir schon lang, Ellenbogen und Schultern begannen zu schmerzen.

Wir gelangten an die von ihr schon im Vorfeld als besonders gefährlich geschilderte Kreuzung, wo die neue Umgehungsstraße auf die alte Ortstrasse trifft. Meine Aufforderung, an einer schmalen Stelle auf die andere Straßenseite zu gehen und ein Stück hinter der wirklich breiten Kreuzung lieber ein paar Schritte zurück, tat sie als Unsinn ab.

„Wir schaffen das aber an dieser breiten Stelle nicht, so große Lücken gibt es hier nicht. Es ist Ferienanfang! Ein Auto nach dem anderen!"

„Ach Quatsch, die müssen halten, wenn Fußgänger auf der Straße sind." Zielstrebig marschierte sie also an der breitesten Stelle auf die Straße.

„Jetzt schau doch mal, da kommen schon wieder Autos! Also entweder du bleibst jetzt hier stehen und wartest, bis sie vorüber sind, oder du gibst dir mal Mühe und gehst etwas schneller, damit wir noch vorher hinüber kommen!"

Sie blieb natürlich nicht stehen und ging auch nicht schneller, dafür stand sie mitten auf der Fahrbahn plötzlich wie angewachsen.

„Also jetzt kann ich gerade nicht mehr, Oh je, mein Herz, ich muss mich mal ausruhen!"

Ich zog an ihrer Hand, um sie zum Weitergehen zu bewegen, doch sie machte sich stocksteif wie ein bockiges Kind. Und tatsächlich blieben die Autos stehen!

„Siehst du, hab ich doch gesagt, dass die Autos für Fußgänger halten müssen!" Nur eine winzige Nanosekunde wünschte ich boshafter weise einen gnädigen LKW herbei, dessen Lenker diese Regelung noch nicht kannte...

Es war etwa 14 Uhr 30, als wir endlich an ihrer Parterrewohnung ankamen. Sie befahl mir, lautlos vor der Wohnungstüre stehen zu bleiben.

„Denn wenn die Zitta dich hört, versteckt sie sich sofort unter dem Bett und kommt nicht mehr heraus, weil sie dich ja nicht kennt. Dann kriegen wir sie nicht mehr vor." Sie ging durch den Garten, um zunächst durch das Fenster zu spähen, ob Zitta in der Wohnung sei. Sie hatte hinter dem Fenstergitter, dessen Sprossen weit genug auseinander liegen, sodass die Katze hindurch schlüpfen konnte, das Fenster einen Spalt geöffnet gelassen, sowie die Jalousie eine handbreit hoch gezogen. Sie entdeckte die Katze tatsächlich in der Wohnung und zog das Fenster heran. Finchen sperrte die Katze in die Küche und öffnete mir die Wohnungstüre.

Während ich noch vor der Türe stand, sendete ich ein Stoßgebet zum Himmel. Ich bat um gute Nerven und einen sofort einsetzenden Schnupfen mit verstopfter Nase. Half nichts, die Nase blieb frei, und so musste ich den Gestank nach Katzenklo und lange nicht gelüfteter Wohnung ertragen. Wobei zu sagen ist, dass Zitta die ganze Wohnung als Katzenklo betrachtet haben muss, inklusive Betten. Und dort sollten wir schlafen? Lässig wischte Finchen mit einem Tempo das Gröbste weg, „geht schon so!" Die Katze musste noch 5 Minuten in der Küche warten, denn ich bestand darauf, erst mal gründlich zu lüften. Ich erhielt die Erlaubnis, ein Fenster 5 Minuten zu kippen. Dann wurde alles hermetisch verschlossen. Die Jalousien wurden herunter gelassen. Eine kleine 25 Watt Birne erhellte das unordentliche Appartement.

„Die Jalousien müssen herunter, denn draußen läuft immer so ein roter Kater herum, wenn Zitta den sieht, wird sie ganz närrisch und versteckt sich unter dem Bett, und wir kriegen sie nicht mehr vor!"

Und das bei 20 Grad und leuchtendem Gebirgssonnenschein! Ich gierte nach viel frischer Luft und noch mehr Sonne!

Dann spazierte Zitta herein. Wir probierten umgehend, ob sie sich in den Transportkäfig stecken ließ. Und sieh mal einer an, das ging sogar richtig gut! Sofort verschloss ich den Käfig, trug einen Stuhl in den kleinen Vorgarten und saß, entspannt eine Zigarette rauchend, für wunderbare 20 Minuten in der Sonne. Endlich mal Ruhe!

Während Finchen in ihrer unaufgeräumten Küche damit beschäftigt war, Weißwürste warm zu machen, hatte ich eine grandiose Idee. Sofort nahm ich den Stuhl und begab mich zurück in die chaotische Wohnung.

„Hör mal, ich hatte gerade ein tolle Idee. Da Zitta jetzt schon im Käfig ist, sollten wir sie gar nicht solange in der Wohnung einsperren. Am Ende versteckt sie sich noch unter dem Bett, und wir kriegen sie nicht mehr vor! Weißt du was, wir lassen sie gleich im Käfig und fahren heute noch zurück. Für uns wird es etwas anstrengend, aber für die Katze ist das doch die beste Lösung!" Nach kurzem Zaudern willigte Finchen tatsächlich ein.

Finchen stärkte sich an ihren Weißwürsten, ich kümmerte mich schleunigst um das Notwendige. Also das Handy gezückt, Fahrplanauskunft eingeholt, Gepäckstücke eingesammelt. 40 Minuten später standen wir an der Haltestelle, die dankenswerter weise in Sichtweite zu Finchens Wohnung lag, und warteten auf den Bus nach Traunstein. Omnibus, das war ideal! Der von mir gefürchtete Fußmarsch zum Bahnhof blieb uns erspart!

Wir hatten noch 20 Minuten Zeit, aber ich drängte etwas, um aus der Stinkewohnung schnellstmöglich wieder herauszukommen. Und auch, damit Finchen keine Gelegenheit hätte, es sich nochmal anders zu überlegen. Für die Wartezeit besorgte ich mir aus der Tankstelle neben der Bushaltestelle einen Kaffee. Und das entgegen Finchens Verbot, sie solange alleine an der Haltestelle stehen zu lassen, und überhaupt gibt es an Tankstellen keinen Kaffee, was ich denn denke! Meine Kaffeegier war aber stärker als meine sowieso schon arg strapazierte Engelsgeduld. Ich setze mich also ausnahmsweise durch.

Der Fahrplan gestattete uns leider in Traunstein nur 3 Minuten, um mit Katzenkorb, 2 Taschen voller Einkäufen, 3 Reisetaschen, Finchens Handtasche und Stock und nicht zuletzt Finchen selbst am Arm von der Haltestelle durch die Unterführung zum Zug zu gelangen. Und dazu hatte der Bus satte 5 Minuten Verspätung! Finchen forderte also zunächst den Busfahrer auf, recht schnell zu fahren, damit wir den Zug noch erreichen. Auch solle er bei der Bahn anrufen, um zu veranlassen, dass der ICE auf uns wartet. Dann sammelte sie in weiteren 5 Minuten sorgsam das Kleingeld für die Bustickets aus ihrer Tasche und zählte es dem Fahrer auf den Zahlschalter. Was den Fahrer zu dem Kommentar veranlasste: „Na, den Zug kriegen sie so aber nicht!"

Unter lautem Schimpfen über die unmögliche Bauweise der modernen Autobusse, wo die Sitze so hoch angebracht seien, dass ein normaler Mensch gar nicht hinauf kommt, den Hinweis des Fahrers ignorierend, doch in der Mitte, wo die Sitze niedriger angebracht seien, Platz zu nehmen, turnte sie stöhnend auf einen Sitz, beklagte laut ihre Kreuzschmerzen, und wies mir herrisch einen Platz nahe dem ihrem zu.

Etwa eine Viertelstunde nach planmäßiger Abfahrt unseres Zuges erreichten wir den Bahnhof Traunstein. Sofort stürzte ich mich auf den nächst erreichbaren Bahnbeamten, um zu erfahren, wann der nächste Zug nach München geht. Nachdem ich ihn überzeugt hatte, dass wir, trotz unseres abenteuerlichen Aufzugs, tatsächlich jeden Zug benutzen durften und nicht mit einem Wochenend-Billigticket in Bummelzügen unterwegs waren, erfuhr ich, innerlich jubelnd, dass der ICE verspätet sei und wir ihn noch bequem erreichen würden.

Ich atmete auf. Finchen wäre es zuzutrauen, von Traunstein aus eine Kehrtwende schnurstracks nach Ruhpolding zu machen, hätten wir jetzt keine ordentliche Verbindung mehr bekommen! Leider hielt der verspätete Intercity nicht allzu lange. Das Einsteigen musste also einigermaßen flott gehen.

Das war der Moment, an dem die Polizei ins Spiel kam, und wenn ich recht überlege, hatten wir Glück, dass es der einzige war - und auch blieb. Das kam so: routiniert schob ich Katze und Gepäck in den Zug, stieg ein, nahm Handtasche und Stock, reichte Finchen die Hand – und da pfiff der Aufsichtsbeamte zur Abfahrt! Finchen schrie augenblicklich gellend um „Hilfe, Hiiilfe, Haaalt, Hiiiiilfe, die Türen gehen zu und klemmen mich ein, Hiiiiilfe!"

Wie aus dem Nichts erschienen zwei Bahnpolizisten, um der so aufgeregt um Hilfe flehenden Dame zur Seite zu stehen. Ich versicherte, alles sei in Ordnung, meine Tante sei halt schon 84, leicht zu ängstigen etwas nervös. Die beiden Polizisten lächelten verständnisvoll, erfuhren in aller Kürze von Finchen noch nebenbei, dass sie früher einmal zwei Rückenwirbel angebrochen hatte, wobei die Ärzte bei der Behandlung fürchterlich gepfuscht hätten, weshalb sie jetzt ständig unter Kreuzschmerzen leide, und während ich an Finchens Hand zog und die beiden von hinten schoben, gelangte Finchen auch diesmal unbeschadet in den Zug. Ohne dass sie von diesen verdammten Automatiktüren eingeklemmt und zu Tode geschleift wurde!

Was sie den Polizisten in der Kürze der Zeit nicht erzählen konnte, nämlich dass auch bei der Behandlung ihrer einstmals gebrochenen Schulter ein schlimmer Ärztepfusch daran schuld sei, dass ihr einer Arm seitdem 2 cm kürzer ist als der andere und sie oft unerträgliche Schmerze habe, erfuhren dann später die Mitreisenden im Zug nach München. Da ich in diesem Zug nur noch einen Sitzplatz hinter Finchen ergattern konnte, war sie gezwungen, ihre Lautstärke entsprechend zu steigern, und das gelang ihr erstaunlich gut, obwohl sie schon seit Stunden ununterbrochen geplappert hatte. Endlich erbarmte sich die Dame im Sitz neben ihr und bot mir an, die Plätze zu tauschen. Ich (und ganz sicher auch die Mehrzahl der Mitreisenden) war dafür sehr dankbar.

Der Rest der Fahrt war geprägt von wortreichen Schilderungen der guten Taten, die alle Heiligen jemals verbracht haben und derzeit noch täglich vollbringen, der namentlichen Aufzählung der Heiligen inklusive deren einzelner Aufgabenbereiche, und der wiederholten Aufforderung, ja alle Heiligen oft anzurufen, damit nichts passiert auf dieser Welt! Es folgte die Feststellung, dass früher alles besser war und heute eigentlich alles schlecht sei. Ich wagte den Einwand, dass ich die heutige Zeit doch eigentlich sehr positiv empfinde und dass ich Gott sei Dank noch nicht so alt wäre, dass ich ständig der guten alten Zeit nachtrauern müsse. Was mir die Rüge einbrachte, ich sei ja auch schon alt genug, um zu merken, dass früher wirklich alles besser war, immerhin ja auch schon über 50! Ich erinnerte mich schleunigst daran, dass ich ihr versichert hatte, zu Themen, von denen ich nichts verstehe, keinen Kommentar abzugeben und hielt die Klappe. Und bedankte mich im stillen bei meinetwegen allen dafür zuständigen Heiligen, dass ich höchstwahrscheinlich keinen der Mitreisenden in meinem Leben je wieder treffen würde, die Peinlichkeit sich also in Grenzen hielt. Die Mitreisenden lächelten teils verständnisvoll zu mir herüber, einige drehten aber auch genervt ihre Augen gen Himmel und erflehten vermutlich von einem der so hoch gerühmten Heiligen eine vorübergehende Stummheit meines Tantchens. Wurden allerdings nicht erhört.

In München ging es wieder in den Hochgeschwindigkeits-ICE nach Nürnberg. Im Gegensatz zu morgens war der gut besetzt, die wenigen freien Plätze reserviert. Ich bat eine Reisende, ihren Koffer ins Gepäcknetz zu legen, um für meine alte Tante einen Sitzplatz freizumachen. Während die nette Dame ihren Koffer also hoch wuchtete, entdeckte Finchen, dass es sich um eine Frau ausländischen Aussehens handelte und erklärte lauthals, nein, hier nähme sie nicht Platz, nein, hier auf gar keinen Fall! Die Luft in diesem Abteil sei ja auch viel zu schlecht. Wir also wieder unterwegs, kämpften uns durch den schmalen Gang im vollbesetzten Zug nach vorne. Mit Einkaufstaschen, Reisetaschen, Katzenkorb und Stock kein wirklich leichtes Unterfangen. Da, gleich drei leere Sitze, sogar mit Tisch!

„Hier kannst du nicht hin, sieh doch, das ist reserviert!"

„Ach Quatsch, reserviert! Ist doch niemand da, oder siehst du jemanden?"

„Ich warne dich, du musst gleich wieder aufstehen, es kommt bestimmt jemand, der den Platz reservieren ließ!"

„Wenn jetzt keiner da ist, kommt auch keiner mehr. Schluss jetzt!"

Schon saß sie, das Gepäck samt Katze auf den restlichen freien Plätzen ausgebreitet. Und schon war sie da, die dreiköpfige Familie mit Anspruch auf den Platz. Der Vater bat Finchen höflich, seine Plätze zu räumen.

„Was? Ich muss jetzt hier wirklich aufstehen? Mit all meinem Gepäck? Und mit der Katze?"

„Ja, ich bitte darum."

Die Wanderschaft durch den inzwischen fahrenden Zug nahm also ihren Lauf. Ein Sitzplatz, eingezwängt neben einem dicken, schwitzenden Herrn deutschen Aussehens (oder sollte ich etwa sagen arischen???) war ihr dann endlich gut genug. Ich klemmte ihr Gepäck so gut es ging um sie herum, klappte das Tischen herunter und deponierte dort den Katzenkäfig. Froh, endlich meine

Ruhe zu haben, nahm ich im Vorraum zwischen den Zugwaggons auf meiner Reisetasche Platz, genoss den Blick durch die Glastüre auf die Voralpenlandschaft und warf nur ab und zu einen besorgten Blick in das Zugabteil zu Finchen. Die machte ein Nickerchen und hielt endlich einmal den Mund.

20 Minuten vor der Einfahrt nach Nürnberg erwachte sie, und das war für meinen Geschmack mindestens 15 Minuten zu früh. Sie winkte mir zu kommen, und befahl, sofort alles Gepäck zusammen zu packen, ihr in die Jacke zu helfen und uns umgehend zum Aussteigen bereit an die Türe zu stellen.

„Das muss man so machen, damit man aussteigen kann, nicht erst in letzter Minute, da gehen die Automatiktüren viel zu schnell gleich wieder zu und klemmen uns ein! Und Festhalten muss man sich, richtig festhalten, dann fällt man auch nicht um!"

Als nach und nach die anderen Reisenden herauskamen, wurden auch sie einzeln aufgefordert, sich ja gut irgendwo festen Halt zu suchen, „und besonders Sie da, lassen Sie doch das Kind nicht von der Hand! Das ist sehr gefährlich, so ein Kindchen alleine!" (Es handelte sich um einen etwa 9-jährigen Jungen, der nicht, wie Finchen es gerne gesehen hätte, an der Hand seiner Mutter hing, sondern ganz gelassen und selbstbewusst und ausgesprochen normal durch den Zug schlenderte).

In Nürnberg hatten wir dann das Glück, direkt auf dem gleichen Bahnsteig in den Bummelzug klettern zu können, der uns endlich auf die letzte Bahnetappe nach Neustadt brachte. Da dieser Zug beinahe leer war, blieben mir weitere Peinlichkeiten erspart.

Das aus dem Zug Klettern und der folgende Gang durch die Bahnunterführung in Neustadt ging nun noch viel langsamer als alle ähnlichen Aktionen zuvor. Finchen war von der langen Reise ziemlich angestrengt und todmüde, außerdem war keine Eile mehr geboten, kein Zug drohte, uns vor der Nase zu entwischen!

Ich mit all dem Hackelpackel, schmerzenden Ellenbogen und verhärteter Muskulatur im Schulterbereich, schlug vor, schon mal vorauszugehen und das Auto vom Parkplatz zu holen. Nein, das durfte ich natürlich nicht!

„In so einer Bahnunterführung, noch dazu abends (ca. 19 Uhr 30 und taghell) lauern sofort die Mörder, ganz zu schweigen von den Vergewaltigern! Eine Frau alleine ist hier in großer Gefahr, du genau wie ich. Wir bleiben schön zusammen!"

Die bissige Bemerkung über Wunschträume sparte ich mir, schließlich war die Reise bisher ja einigermaßen friedlich verlaufen – und endlich vorbei!

Nach dieser ´wundervollen´ Bahnfahrt mit Finchen ziehe ich folgendes Fazit:

1. Nie mehr eine Reise mit jemandem deutlich jenseits von Gut und Böse.

2. Es gibt sowohl gute Tier- als auch angenehme Altenheime.

3. Auf der ganzen Reise haben wir keinen Eisberg gerammt.

4. Trotz allem mag ich mein Tantchen sehr. (Goethe, leicht abgewandelt: von Zeit zu Zeit seh ich die Alte gern...

5

An einem verregneten Julitag überraschte mich Finchen mit der Mitteilung, sie führe noch in dieser Woche nach Bad Kissingen zu einem längeren Kuraufenthalt. Leicht verwirrt fragte ich, wie sie denn so schnell eine Kur genehmigt bekommen hätte, normalerweise sei das doch ein langer Weg durch Arztpraxen, Krankenkassen, MDK?

„Wie, genehmigt? Mir genehmigt oder verbietet keiner was, da frage ich doch nicht lange!", war ihre selbstbewusste Antwort. „Du fährst mich kommenden Freitag hin, das ist wirklich ganz einfach."

„Du bist sicher, dort einen Platz zu bekommen?", zweifelte ich, aber eigentlich ahnte ich die Antwort schon, bevor sie sie aussprach: „Natürlich. Mach nicht immer alles so umständlich! Man schreibt an die Verwaltung, bezahlt und fährt. Als ob das ein Problem wäre!"

„Du zahlst also alles selbst?"

„Was denn sonst, sei doch nicht so naiv! Glaubst du denn, in irgendeinem der primitiven Krankenkassenhäuser bekäme ich eine essbare Diät? Oder ich lege mich in ein Doppelzimmer, wo die Bettnachbarin klaut wie ein Rabe? Mach dir nur keine Sorgen, Geld habe ich reichlich auf dem Sparbuch, für dein Benzingeld reicht es auch noch!" Ach ja, diese Angst vor Dieben! Sie verstärkte sich zusehends.

„Jedenfalls hat man mir zugesagt, dass die Anwendungen für meine gebrochenen Wirbel – oh, schmerzt das noch! (das war gut 40 Jahre her) vom Oberbademeister persönlich durchgeführt werden. Und einen Tresor für meine Wertsachen bekomme ich auch."

„Wertsachen?" „Jawohl, Wertsachen. Obwohl die Gefahr, von den vornehmen Leuten, die in meinem Kurhotel verkehren, bestohlen zu werden, nicht ganz so groß ist wie bei dem Gesindel in anderen Häusern."

Keinerlei Hemmungen, ehrenwerte Kassenpatienten zu diskriminieren. Ein Blatt vor den Mund genommen hatte Finchen während ihrer gesamten, inzwischen 85 Jahre umfassenden Lebenszeit ja noch nie.

So bat ich mit meinen Chef in der Apotheke um einen freien Tag, borgte mir von Henry das Navi und stand Freitagmorgen wie bestellt vor Finchens Tür.

Die Tante hatte bereits alles für die Reise vorbereitet. Egger hatte am Vorabend den Schlüssel für den Hühnergarten samt Futterlager erhalten. Die beiden Katzen waren in Transportkörbe verfrachtet worden. Zwei große Koffer, eine dicke Reisetasche sowie eine Anzahl vollgepackter Stoff- und Plastikbeutel standen bereits in der Diele und warteten darauf, in meinem Kleinwagen untergebracht zu werden.

Irgendwie gelang es mir, das ´bisschen Gepäck´ im Kofferraum und auf dem Rücksitz zu verstauen. Eine der Stofftaschen, die besonders fest verknotet war, fühlte sich ziemlich schwer an und klimperte beim Verladen. „Was hast du denn darin?", wollte ich wissen. „Natürlich das Silberbesteck! Daran hättest *du* natürlich nicht gedacht, nicht wahr? Du bist ja auch naiv und leichtsinnig." Meinen resignierten Seufzer nahm Finchen nicht wahr.

Ganz zuletzt wurden die Katzenkäfige oben drauf gestellt. Ich hatte Bedenken wegen der Stabilität, die mit einem lässigen „aber woher denn, das geht schon so", von Finchen beiseite geschoben wurden.

Sodann wurden alle Türen sorgfältig abgesperrt. Wirklich alle. Die zum Badezimmer, die zum Schlafzimmer, zum Vorraum, zu Küche und Wohnzimmer. Die Haustüre war besonders gesichert, daran befanden sich außer dem Türschloss zwei Einbruchsicherungen. Vor das Gartentor kam eine Metallkette samt Vorhängeschloss. Den Zweitschlüssel dazu (und nur dazu) hatte Egger, „denn das ist ein ehrenwerter Herr, der bestiehlt mich nicht."

Finchen saß schon halb auf dem Beifahrersitz, als sie flugs wieder aufstand, sich aus dem Auto wand und zurück stiefelte.

„Ich hab was vergessen". Sie entnahm ihrer Handtasche einen weiteren Stoffbeutel, kramte aus einer nicht geringen Anzahl Schlüssel die passenden heraus, entfernte umständlich Schloss und Kette und verschwand im Haus.

Als sie wieder erschien und abermals alles gesichert hatte, trug sie eine weitere Tasche bei sich.

Neugierig fragte ich, was sie vergessen habe, und erhielt zur Antwort: „na, die Sicherungen! Wenn man längere Zeit verreist, müssen die herausgedreht werden, das weiß doch jedes Kind! Ein Glück, dass ich nicht diese neumodischen Dinger im Zählerkasten habe, die man nur kippen kann!"

„Aber mitnehmen? Die Sicherungen?"

„Du weiß aber auch gar nichts! Denk doch nur an Tschann!"

„???"

„Ja, Tschann. Der Turner Tschann, den kennst du doch auch. Seit ich ihm das Haus testamentarisch versprochen habe, geht er hier ein und aus, ganz besonders, wenn ich nicht da bin."

Ach so, vom Reisebusunternehmer Jean Tourniere war die Rede, seit einiger Zeit bei Tante Josefine in Ungnade gefallen und derzeit ihr ärgster Feind. Zumal in ihrer Vorstellung.

„Hast du denn dieses Testament nicht längst widerrufen?"

„Ach Gott Kind, das ist es ja gerade! Du ahnst ja nicht, wie mich dieser Mann hasst, seit er nicht mehr an mein mein Erbe kommt. Er verschafft sich Zutritt, egal wie gut ich abschließe. Eigentlich könnte ich auch alle Türen offen lassen, er kommt sowieso hinein. Mach ich aber nicht, ich bin doch nicht blöd. Das geht seit Jahren so! Und du glaubst gar nicht, wie viel Watte der Kerl jedes Mal verbraucht, die ich dann alle bezahlen muss!"

„Watte?"

„Ja, die elektrischen Watte. Sobald er im Haus ist, schaltet er jedes Licht an, heizt, egal wie warm es ist, wäscht seine dreckige Wäsche, kocht in meiner Küche und hinterlässt nichts als Saustall wenn er geht."

Schmunzelnd dachte ich, gut, dass wir endlich jemanden gefunden haben, der den Saustall im Haus verursacht, gab die Zieladresse ein und die Fahrt konnte los gehen. Beinahe, denn bevor ich das Auto starten durfte, wurden noch Gott und der entsprechende Heilige, Christopherus, wie sie mir Heidin erklärte, eingeladen, uns zu begleiten. Ich murmelte etwas von sowieso schon überfülltem Auto; das hat sie glaube ich nicht gehört.

Dass uns eine freundliche Damenstimme den Weg beschrieb, amüsierte Finchen sehr. Jede Ansage quittiere sie mit „danke, gnädige Frau", und kicherte in sich hinein.

Nachdem wir den kleinen Umweg zu dem Tierheim, das die Katzen in Pflege nahm, hinter uns gebracht hatten und die darob vergossenen Tränen versiegt waren, ging es auf geradem Weg Richtung Kurort. Im Wagen war es ohne die Käfige etwas weniger eng; der Katzengestank verflog nicht so schnell, ich konnte dagegen anrauchen soviel ich wollte.

Eine ganze Zeit lang genossen wir beide die Fahrt durch das sommerliche Unterfranken. Finchen begann lauthals zu singen, denn trotz ihres Alters hatte sie ihre einigermaßen klare Singstimme behalten. Sie sang ein Lied, das vom schrecklichen Ende, nämlich im Teich ertrinken, eines schönen polnischen Mädchens handelte, danach einige Stücke aus dem katholischen Gesangbuch, und in das Lied vom Vogelbeerbaum stimmte ich fröhlich mit ein. Wieder einmal war Finchen meine Lieblingstante geworden. Was mich freute.

Umso erschreckender empfand ich ihre darauf folgende Beschreibung dessen, was Turner Tschann ihr in letzter Zeit alles gestohlen hätte, als da waren: Rasenmäher, Fahrrad, einige Schlüssel, Geschirr, Bettwäsche, täglich Eier; auch zwei Hühner waren einfach weg. (Und wir hatten noch eine lange Fahrstrecke vor uns!) Was er nicht raube, tausche er zumindest aus. Die neuen Gartengeräte waren nicht mehr da, jetzt standen alte, rostige Teile im Geräteschuppen – und die gute Aluleiter. Die hatte Tschann einfach fort getragen und an ihrer Stelle so ein ´lumpiges Blechding´ da gelassen. „Die war noch ganz neu, mein Mann hat sie erst gekauft". Onkel Rudi war schon vor sehr vielen Jahren gestorben. Auch das Zeitgefühl hatte Tante Josefine wohl eingebüßt. Ob Fluch oder Segen kann ich nicht beurteilen.

Hinter ihrer permanenten Furcht, beklaut zu werden, vermutete ich schlimme Erfahrungen in jungen Jahren, besonders ihre Vertreibung aus dem Erzgebirge nach dem 2. Weltkrieg. Ein ordentlicher Teil Altersverwirrung spielte wohl auch eine Rolle. Jahre später, nachdem noch ganz andere Erscheinungsformen auftraten, wurde bei Josefine eine Psychose diagnostiziert, etwas mehr als altersgemäß, aber laut Psychiater auch nicht all zu massiv, also nicht weiter Besorgnis erregend. Schon klar, dass einen Psychiater seine eigene Diagnose nicht besorgt macht – mich dagegen schon!

Ein einziges Mal unterwegs überhörte ich die Ansage der netten Navi-Dame. Da begegnete uns gerade ein Reisebus, und Finchens Schrei „Vorsicht, der Tschann", nahm mir kurz die Konzentration. Navi forderte mich auf, an geeigneter Stelle zu wenden, ich also schleunigst in den nächsten Feldweg eingebogen und blöderweise den Motor abgewürgt. Großes Lob von Finchen: „Gut gemacht, Mädchen! Warten, bis die Luft rein ist! Das machen wir jetzt immer so, wenn der Tschann mit seinem Bus daher kommt, dann erwischt er uns nicht!" Zum Glück übersah sie die allermeisten Omnibusse. Unsere Reise verlängerte sich daher nicht über Gebühr.

Unter den Klängen einer Dixieband betraten wir das in der Tat sehr vornehme Kurhotel. Während ich mich ein wenig wegen unserer seltsamen Gepäckstücke schämte, stieß mich Finchen aufgeregt an: „ich glaube, wir sind hier nicht richtig", flüsterte sie, und als ich schulterzuckend antwortete „natürlich sind wir richtig, warum denn nicht?", deutete sie auf die Musiker, die fröhlich ihre Instrumente quälten. „So eine Musik gibt es in besseren Hotels aber nicht, das ist doch keine Kurmusik!"

Der herbei geeilten Empfangsdame gelang es recht schnell, Finchens Zweifel zu zerstreuen. Sie verschwendete einen scheelen Blick auf das Gepäck, setzte sogleich wieder ihr geschäftsmäßiges Lächeln auf und geleitete uns zu Finchens Räumlichkeit. Wo ich hoheitsvoll entlassen wurde. Keine Umarmung, ein kühles „ danke, wann ich abgeholt werden will, teile ich dir dann mit", und die kleine Josefine markierte glaubwürdig die Madame von sonst was persönlich, welche soeben ihre Residenz beschritt.

Grinsend packte ich den Fünfziger Benzingeld in die Hosentasche und machte mich, von Musik noch ein Stück weit begleitet, auf den Heimweg.

Nach drei Wochen erhielt ich eine Ansichtskarte aus Bad Kissingen mit herzlichen Grüßen, und dass Finchen beschlossen hatte, ihren Aufenthalt um eine Woche zu verlängern. Den genauen Abholtermin wisse sie bereits und hoffe sehr, ich sei pünktlich dort.

So war ich eben zum befohlenen Termin pünktlich dort. Finchen, gut erholt und blendend gelaunt, benötigte noch etwas Zeit, um ihren vielen Kurbekanntschaften Lebewohl zu sagen, mich dem Herrn Oberbademeister und dem Herrn Professor, dessen Name an mir vorbeiglitt, vorzustellen und mir an Ort und Stelle ans Herz zu legen, ich müsse mich, unbedingt und am besten gleich, ebenfalls hier zur Kur anmelden, „denn du wirst ja auch nicht jünger!"

Reicher aber auch nicht, dachte ich in Stillen, packte ihr Gepäck ins Auto, wartete ab, bis sie unsere Reise abermals Gott und dem zuständigen Heiligen anempfohlen hatte und mir gestattete loszufahren. Richtung Heimat.

Zuerst wurden die Katzen abgeholt, tränenreiches Wiedersehen (Finchens Freudentränen, die Katzen blieben ganz cool).

Als wäre das Auto nicht schon voll genug, bestand die Tante darauf, in der letzten Kleinstadt vor ihrem Heimatort anzuhalten, um dort im Supermarkt ein paar Lebensmittel einzukaufen.

Wie meistens kam ich mit Argumenten nicht gegen sie an, und die paar Sachen, die sie dringend brauchte, fanden schließlich doch noch ein Plätzchen zwischen den Katzenkörben. Bestimmt würde das Tiefkühlhähnchen antauen und die Wurst zumindest grau werden, wenn nicht bereits verdorben sein, bis wir bei ihr ankamen. Ein heißer August hatte begonnen, und, was wir auch alles dabei hatten, eine Kühltasche war nicht darunter. Später kamen mir diese Bedenken lächerlich vor, gemessen an dem, was wir zuhause tatsächlich vorfanden. Das war ungefähr eine halbe Stunde nach dem Einkauf.

So umständlich bei der Abreise alles verriegelt worden war, musste nun natürlich wieder aufgeschlossen werden. Kaum hatte ich die Diele betreten, begann ich schon zu würgen, denn es stank ganz erbärmlich. Soviel Zynismus blieb mir trotz Übelkeit erhalten, um ganz kurz zu denken, dass nun wohl Schluss sei mit Tschanns Untaten, denn der liegt ja im Haus und verwest gerade vor sich hin.

Glücklich, wer seinen Geruchssinn beizeiten verlor! Fenster aufreißen half nur wenig, da musste ich jetzt durch. Woher kam nur der üble Gestank?

Die Sicherungen hatte Finchen voraus schauend ganz obenauf gepackt. Es war eine meiner ersten Handlungen, diese in die entsprechenden Fassungen zu drehen. Ich hörte, wie die Kühl / Gefrierkombi brummend ansprang. Warum sprang die denn jetzt an? O Gott! Mit einem Satz war ich beim Kühlschrank und hatte glasklar den Ursprung jeglicher Geruchsbelästigung vor Augen (und leider auch Nase).

„So eine blöde Kuh! Legt sie doch wirklich den Kühlschrank lahm. So doof kann auch nur in *eine* sein, das gibt es doch gar nicht", fauchte ich Finchen unbeabsichtigt böse an, und diese reagierte unerwartet kleinlaut, ja, das wäre wohl etwas blöd von ihr gewesen, aber so schlimm nun auch wieder nicht, es sei ja auch nichts mehr drin gewesen.

Ich warf angeekelt dieses Nichts in den Mülleimer. Von ranziger Butter über grünlich-dick gewordene Milch und einem zerlaufenden Harzer Käse (vermutlich) fand ich eine geöffnete Konservendose nicht mehr erkennbaren Inhalts, diverses verfaultes Gemüse und eine schwarze Banane. Im Gefrierteil befanden sich Hähnchen und Fische. Beides lebte bereits wieder. Aber anders.

Finchen wischte ganz kurz mit einem feuchten Spültuch über die verklebten Glasablagen und begann, ihre erworbenen Lebensmittel einzuräumen. „Siehst du, geht schon so! Stell dich nicht so zimperlich an!"

„Nein, es geht nicht so! Das muss alles heiß ausgewaschen und desinfiziert werden, bevor irgendwas hinein kommt, was du später essen willst. Da wimmelt es von Bakterien". „So?" Kopfschütteln. „Ich kann aber keine sehen". Und wieder siegte ihr Starrsinn über mein Durchsetzungsvermögen. Ich gab einfach auf. Ließ sie mit ihrem Dreck stehen und machte, dass ich Land gewann. Bei nur drei Kilometern Entfernung zu mir nach Hause zwei mal Anhalten, um zu kotzen.

Zuhause, müde von der langen Fahrt und angepisst von Finchens Eigensinn, noch nicht ganz von der Übelkeit genesen, klagte ich umgehend Henry mein Leid. Während er mir einen starken Kaffee reichte, gab er zu, meine Wut nicht ganz nachvollziehen zu können, ich wüsste doch schon lange genug, wie Finchen sei. In der für ihn typischen, freundlichen und friedfertigen Art überzeugte er mich von der Notwendigkeit, zurück zu fahren und den Kühlschrank der Tante in einen lebensmitteltauglichen Zustand zu bringen.

„Und wie soll ich das jetzt anstellen? Eben bin ich schimpfend weg gerannt. Außerdem habe mich mich schon reichlich übergeben, das brauche ich nicht gleich wieder!"

Henry erhob sich wortlos und kam nach einigen Minuten mit Einweghandschuhen, Gesichtsmaske und einer Flasche Desinfektionsmittel zurück. So etwas hat man im Badschrank stehen, wenn man, so wie Henry, beruflich viel mit Pflanzengiften hantieren muss.

Hätte mich nicht das schlechte Gewissen geplagt, hätte ich natürlich trotzdem nicht auf Henry gehört. Jedenfalls nicht gleich.

Gemeinsam heckten wir eine glaubhafte Legende aus, warum ich so schnell zurück kam und den Kühlschrank reinigen wollte. Zugute kam uns dabei, dass Finchen seit jeher unglaublichen Respekt vor Titelträgern aller Art hatte.

Tante Josefine gestattete mir die Putzaktion, nachdem sie staunend meiner Erklärung gelauscht hatte. Demnach hatte ich mit meinem Chef, dem Herrn Lebensmittelchemiker Professor Dr. Berg, telefoniert, um mich bezüglich Bakterien im Kühlschrank beraten zu lassen. Dass der liebenswerte Herr Berg weder Lebensmittelchemiker, geschweige denn Professor oder Doktor war, sondern ein einfacher Landapotheker, ging Finchen nichts an. Auch nicht, dass ich keineswegs telefoniert hatte.

Ich log, dass ich mir eine schreckliche Standpauke eingehandelt hätte, weil ich nicht umgehend alles desinfiziert hatte, verbunden mit der Anweisung, dieses schleunigst nachzuholen. Ich fabulierte vom Gesundheitsamt und Strafanzeige gegen mich wegen Vernachlässigung. Obenauf legte ich eine große Portion Seuchengefahr.

Meine vormalige Angst vor dem Fegefeuer ging mir übrigens schon lange am Po vorbei. Rechts und links.

„Dein Chef ist ja ein ganz hochgestellter Herr", flüsterte Finchen ehrfurchtsvoll.

Nach zwei Stunden harter Arbeit, etlichen Eimern heißen Wassers und großzügigem Gebrauch des Desinfektionsmittels, nicht ohne innerlich lästerlich zu fluchen, war der Kühlschrank zwar noch immer nicht völlig geruchlos, erst recht nicht keimfrei, aber immerhin in einem Zustand, in welchem man Finchens beliebten Satz ´geht schon so´, einigermaßen beruhigt gebrauchen durfte. Musste halt gehen, denn zaubern kann ich nicht.

6

In den Folgejahren versah ich, meist ohne besondere Begeisterung, meine Pflichten der alten Tante gegenüber. Die umfassten in erster Linie kleine Hilfeleistungen, Einkaufsfahrten, mal eine defekte Glühbirne auswechseln, mal den Rasen mähen. Und die nicht enden wollenden Beschuldigungen Jean Tourniere betreffend anhören, der sie in ihren Gedanken und Albträumen bedrohte, in *ihrer* Realität täglich schikanierte und bestahl. In Finchens ganz eigener Realität. Tatsächlich war und ist Tourniere ein freundlicher, harmloser Busunternehmer, und ich bewundere noch heute seine Langmut, nicht irgendwann einmal Josefine wegen übler Nachrede verklagt zu haben.

Sträucher und Bäume schneiden blieb Henrys Aufgabe, den sie mit der Zeit tatsächlich in ihr Herz schloss.

Dann starb Henry nach ganz kurzer Krankheit und ich hörte für viele Monate auf, zu funktionieren. Freundliche Nachbarn sprangen ein. Im Herbst zog es Finchen unweigerlich nach Ruhpolding.

Sie hatte irgendwann ihr Ferienappartement aufgegeben. Wie sie während des Sommers in ihrem Häuschen herumwurstelte und, vermeintlich perfekt, ihren Haushalt versorgte, so ließ sie sich im Winterhalbjahr in einer kleinen betreuten Wohnanlage verwöhnen. Da gab es Hilfe bei den täglichen Verrichtungen, wenn man wollte wurde man auch bekocht. Finchen hatte jede mögliche Dienstleistung gebucht und erzählte stolz, wie viel Hauspersonal sie beschäftigte.

Was ihr großen Kummer bereitete, war, dass Tourniere, den sie wütend als Teufel, Mörder und Schwerverbrecher in Personaleinheit bezeichnete, ebenfalls in Ruhpolding überwinterte, nämlich auf dem Dachboden genau über ihren Räumlichkeiten, dort nachts polterte und sie natürlich auch kräftig beklaute.

Es wurde Frühling, die Zugvögel kehrten zurück. Finchen kehrte auch zurück. Ich fühlte mich noch nicht in der Lage, neben meinen eigenen Problemen deren absurde Geschichten auszuhalten, dachte nur wenig an sie und überließ sie gerne weiterhin den Nachbarn.

Bis eines Tages zwei Polizisten vor meiner Tür standen und fragten, ob ich die Angehörige der Josefine W. sei. Es gehe um diese, im Zusammenhang mit Herrn Tourniere. Mein hauchdünnes Nervenkostüm gaukelte mir umgehend eine in ihrem Blut liegende Tante, von Tourniere hinterhältig ermordet, vor. Und dass sie wohl doch in allen Punkten recht gehabt hätte. Wie hatte ich mich so irren können? Nichts hatte ich geglaubt, alles auf die beginnende, nicht weiter Besorgnis erregende Psychose geschoben und Finchen kaltblütig ihrem Schicksal überlassen!

Dann vernahm ich wieder die Stimmen der Polizisten, die beruhigend auf mich einredeten.

„Keine Sorge, es ist nichts passiert, der alten Dame geht es gut. Wir brauchen Sie nur für eine Aussage. Frau W. gab sie als Zeugin an."

„Wie, Zeugin? Wofür soll ich denn Zeugin sein?"

„Zeugin für mehrere Diebstähle, Hausfriedensbruch und Belästigungen, weswegen Ihre Tante Herrn Tourniere angezeigt hat. Ein Rasenmäher zum Beispiel sei abhanden gekommen und diverse andere Gegenstände. Und Hühner. Tourniere soll mehrfach unbefugt in ihr Haus eingedrungen sein. Da ist noch etliches mehr. Uns liegt eine lange Liste von Beschuldigungen vor."

„Ach du Scheiße", entfuhr mir. Nachdem ich mich von dem folgenden hysterischen Lachkrampf erholt hatte, erklärte ich den beiden Herren, dass ich dazu leider überhaupt nichts sagen könne, weil ich, wenn überhaupt, nur von derartigen Sachen gehört hätte, aber weder das Fehlen irgendwelcher Dinge – außer denen, die sie selbst verschlampt hatte – oder gar Einbruchsspuren etc. bemerkt hätte.

„So ist es vermutlich auch. Sie können uns also bestätigen, dass Ihre Tante geistig nicht mehr ganz auf der Höhe ist? Wir könnten dann die Akte schließen und wüssten, dass die vielen Notrufe seitens Frau W., die nachts bei uns eingehen, wahrscheinlich ganz harmlos sind."

„Nein, das kann ich nicht. Den Geisteszustand meiner Tante zu beurteilen liegt nicht in meinen Fähigkeiten und halte ich auch nicht für meine Aufgabe. Dafür gibt es Fachleute. Oder Sie beurteilen es selbst. Dann müssen Sie es auch verantworten, sollte doch einmal ein Notruf berechtigt gewesen sein, und es wurde nicht reagiert. Mir persönlich ist das ein wenig zu viel Verantwortung. Mach ich nicht."

Dabei blieb ich, obwohl mir die Polizisten versicherten, dass sehr wohl auf jeden Notruf reagiert werden würde, egal wann und woher. Aber ich beschloss, ab sofort wieder Finchen in mein Programm aufzunehmen und häufiger nach ihr zu sehen.

Am Nachmittag des selben Tages stand ich also wieder in Finchens Haus. Die Luft darin war nur schwer zu ertragen, das Durcheinander groß wie immer, und Finchen schien mir noch kleiner und zerbrechlicher als vorher.

„Und? Waren sie schon bei dir?", war ihre erste Frage. Unwissen heuchelnd, fragte ich, wer denn bei mir gewesen sein sollte.

„Na, die Herren von der Polizei natürlich. Die wollten doch heute Vormittag zu dir kommen."

„Ach so, ja, da waren welche bei mir. Ha ha, stell dir vor, die wollten, dass ich eine Zeugenaussage mache! Einfach so, ohne dass ich wirklich Zeugin für irgend etwas wäre!"

„Ich weiß gar nicht, was es da blöd zu lachen gibt! Natürlich bist du Zeugin. Du wirst bestimmt nicht behaupten, ich hätte dir nichts erzählt? Von dem Mörder, Schwerverbrecher, Teufel? Von Tschann eben. Du weißt doch wirklich alles darüber. Da musst du sogar ganz sicher Zeugin sein, das geht gar nicht anders!"

Ich versuchte, Finchen die Bedeutung des Wortes Zeuge zu erklären. Natürlich stieß ich auf taube Ohren. Ich machte den Fehler, ihr mit der Bibel zu kommen, nämlich mit einem Göttlichen Paragrafen, der es verbot, falsches Zeugnis abzulegen.

Hatte ihre äußere Erscheinung auch an Umfang verloren, konnte sich ihre Stimme immer noch zu erheblicher Lautstärke steigern. So auch jetzt.

„Siehst du", keifte sie, „so warst du schon immer. Allen anderen weit hinterher, dumm und ahnungslos. Aber eigensinnig wie ein Bock. Du wirst schon sehen, wohin du damit noch kommen wirst! Gut, dann hilfst du mir eben nicht. Soll er mich doch ermorden, der Tschann. Ist dir ja sicher nur recht. Aber freu dich nicht zu früh, denn erben wirst du ganz sicher nichts! Und jetzt fahren wir einkaufen."

Und ich, sprachlos und überrumpelt, fuhr mit ihr zum Einkaufen. Was denn auch sonst.

Hilde, eine sehr nette Dame aus dem Ort, wurde verständigt, dass nunmehr wieder ´die Verwandte´ die Einkaufsfahrten übernehmen würde und sie daher eine Last weniger hätte. „Und nochmals vielen Dank, ich bringe dir auch eine schöne Tafel Schokolade mit!"

Eine Last war Finchens Art einzukaufen in der Tat. Für mich, die ich sie transportieren und ihr auch sonst behilflich sein musste. Für die Mitarbeiterinnen der diversen Supermärkte, Einzelhändler, der Bank und der Gärtnerei. Von den Menschen in der Warteschlange vor der Kasse ganz abgesehen.

Die folgende Beschreibung einer derartigen Einkaufsfahrt steht für all die anderen, die so oder ähnlich verliefen. Mit kleinen Abweichungen. Regelmäßig zwei Mal pro Woche.

Mit ihrem Gehstock und einer großen ledernen Einkaufstasche in der Hand stieg sie umständlich ins Auto. Einen Stoffbeutel voller Schlüssel und die Geldbörse hielt sie krampfhaft fest; die gab sie erst aus der Hand, wenn wir uns (nach geseufztem ´in Gottes Namen´) in Bewegung setzten und damit die unmittelbare Gefahr, dass Tschann ihr etwas entriss, gebannt war.

Der erste Weg führte zu einer Sparkasse. Die Schalter Öffnungszeiten hatte Finchen sich gemerkt, und so kam sie für jeden Einkauf an die nötige Geldsumme. Einmal fragte ich sie, warum sie eigentlich nicht ihr Geld aus dem Automaten zog, wie jeder andere auch. Die Frage hätte ich mir sparen können. Geld aus dem Automaten kann gestohlen werden, dann ist es weg. In der Bank dagegen liegt es im Tresor. „Aber von dir kann man ja nicht erwarten, dass du so etwas weißt."

Das war nicht böse gemeint, eher als Feststellung einer traurigen Tatsache. So, wie Finchen nie etwas böse gemeint hat. Jemanden absichtlich zu verletzen war nicht ihre Art.

Im Supermarkt schob sie den Einkaufswagen. Was praktisch war, da sie den Stock im Auto lassen und dennoch sicher gehen konnte. Ich entschuldigte mich bei allen, denen sie damit in die Hacken fuhr und trottete ansonsten hinter ihr her. Sie blieb vor interessanten Regalen stehen, bat mich, das eine oder andere Päckchen heraus zu nehmen - „warum hier die Regale so hoch sind, werde ich nie verstehen, da kommt doch kein Mensch hin! In Ruhpolding ist das viel schöner!" Durch Vorlesen der Zutatenliste überzeugte ich sie, dass weder Zucker noch anderes unbekömmliches Zeug erwähnt war. Sie entschied sich dafür oder dagegen. Am Gemüsestand wurden Tomaten, Äpfel und Bananen auf ihren Reifegrad untersucht, sprich gedrückt, wurden mitgenommen oder auch nicht. Sodann lud sie mehrere Salatköpfe ein.

Salatköpfe waren immer dabei. Dabei war Rohkost im Lauf der Jahre nicht etwa bekömmlicher geworden. Grünen Salat liebte ihr Geflügel.

Tee. Katzenfutter. Schokolade für Hilde. Hirse, Maggiwürze, Hefe, gute Butter. Damit waren wir beim Kühlregal angelangt. Manchmal konnte ich verhindern, dass sie jede Käsesorte anfasste, zum Teil aus der Pappschachtel nahm und drückte – Reifegrad. Oft auch nicht. Wenn das Verkaufspersonal aufmerksam wurde, war ich diejenige, die aufgefordert wurde, das Befingern der Lebensmittel zu unterlassen.

An der Frischetheke orderte Finchen sodann diverse Sorten Wurst, von jeder nur fünfzig Gramm, aber bitte nur solche, wo kein schweinernes drin sei, das vertrage sie nicht. Spätestens, wenn die Verkäuferin ihr erklärte, dass auch in den eben verlangten Weißwürsten Schweinefleisch enthalten sei, ließ sie die verdutzte Dame mit einem patzigen „na, dann eben nicht", samt aller zuvor abgewogenen Wurst stehen und stapfte davon. Ich, eine Entschuldigung flüsternd, hinterher.

Die Forellen, die sie aus der Tiefkühltruhe fischte, wollte sie gleich heute zum Abendessen zubereiten. „Wenn man die in Leinöl dünstet schmecken sie hervorragend. Magst du zum Essen bei mir bleiben?" Aus bekannten Ursachen erfand ich auch diesmal einen wichtigen Grund, dankend abzulehnen.

Dann die Kassenprozedur. Sie war unabänderlich und hatte es ganz besonders in sich. Finchen murrte, man könne ruhig eine weitere Kasse öffnen, denn so viel Zeit habe sie schließlich auch nicht. Sobald wir bis an das Förderband vorgedrungen waren, versuchte ich, ihre Sachen aufzulegen. Mir wurde leicht auf die Finger geklopft, ich solle doch damit warten, bis wir an der Reihe sind. Hatte dann die Person vor uns bezahlt, schickte sie mich meist noch nach Milch, aber bitte nur die Gute aus den Alpen. So lange ging an der Kasse nichts voran. Der Einkauf fuhr an uns vorbei, endlich. Einpacken war verboten. Zuerst musste die verlangte Summe, so passend wie möglich, aus der Geldbörse gesucht und die Kassendame aufgefordert werden, nachzuzählen. All ihre Päckchen waren gescannt und lagen bereit. Finchen begann in Seelenruhe, alles zu sortieren. Sie beförderte aus der Ledertasche einige Stoffbeutel und stopfte umständlich ihre Lebensmittel hinein. Hinter uns wurden Stimmen laut, warum es denn nicht weiter gehe.

Ab diesem Zeitpunkt trat ich immer zur Seite vor den Blumenstand und studierte ausführlich die Beschreibungen der dort ausgestellten Pflanzen. Deutlich demonstrierend, NEIN! Die komische Alte hat mit mir nichts zu tun! Meist fand sich ein netter Azubi, der der alten Dame rasch half, ihre Sachen unterzubringen.

„Jetzt haben wir nur noch den Fleischer und den Gärtner vor uns. Wird auch Zeit, ich bin schon recht müde. Und frag doch bitte rasch, ob die hier eine Toilette haben, ich müsste jetzt auch mal."

Die nervenstarke Kassenkraft wurde in ihrer Tätigkeit unterbrochen: „Entschuldigung, mir pressiert es, geben sie mir bitte den Schlüssel zum Klo." Der dortige Aufenthalt dauerte schlappe zwanzig bis fünfundvierzig Minuten. Schon ging es weiter!

Beim Fleischer in der Ortsmitte, nachdem ich mühsam einen Parkplatz erkämpft hatte, wurde, je nach Finchens Lust und Laune und dem dortigen Angebot, die Fleischereifachverkäuferin beleidigt oder gelobt. Und Weißwürste wurden auch gekauft, Schwein hin oder her.

Hatten wir das auch hinter uns, erstanden wir in der Gärtnerei im Nachbarort eine größere Anzahl Babypflanzen für das Grab ihrer Eltern. Und mindestens einen schweren Sack schwarzer Graberde dazu.

Ginge es nach ihr, hätte ich, unter Finchen Regie, anschließend sofort die Grabbepflanzung ausgeführt. Der Hinweis auf ihre

Tiefkühlforellen war weniger wirksam; der, dass es längst Zeit für ihr Diabetesmedikament war, wirkte umgehend. Triumphierend kramte Finchen eine zerdrückte Schachtel aus ihrer Tasche, drückte eine Pille heraus und schob sie in den Mund. Mein erschrockener Ruf „halt, doch nicht trocken", verhallte ungehört, sie zerbiss bereits die Medizin und würgte sie hinunter. „Reg dich nicht so auf, das geht schon so", war ihr einziger Kommentar auf meinen Belehrungsversuch bezüglich korrekter Tabletteneinnahme.

Das Grab habe ich nicht bepflanzt. Nicht nach über zwei Stunden Intensiveinkauf. Die Babypflanzen vertrockneten wahrscheinlich, oder Hilde hat sich liebenswerter weise ihrer erbarmt. Oder einer der anderen hilfsbereiten Nachbarn. Danke dafür!

7

Gelegentlich geht das Schicksal merkwürdige Wege. So ergab es sich, dass ich in Tante Josefines achtundachtzigstem Lebensjahr das Haus meiner Großeltern bezog und fortan in Finchens unmittelbaren Nähe lebte.

Nach wie vor wurstelte sie ohne größere Hilfe, aber auch ohne außergewöhnliche Schwierigkeiten, in ihrem Häuschen herum, hielt eine fette Gans, eine Schar Hühner und einen Hahn und versorgte eine Horde Katzen – eine davon gehörte ihr.

Abgesehen von dem Umstand, dass ich jetzt schneller und öfter greifbar war, hatte sich nicht viel geändert. Ich fuhr sie zähneknirschend noch immer zwei Mal in der Woche zum Einkaufen, und Finchens Angst vor Tourniere und anderen Unholden bestand auch weiterhin.

An manchen Sommerabenden saß ich jetzt, staubig und verschwitzt von der Anstrengung, mein neues Domizil in Schuss zu bringen, mit Finchen auf ihrer Veranda. Sie erzählte dann oft weitschweifig und ausführlich Geschichten von früher. Von ihrer Heimat, dem Erzgebirge, und den einfachen Lebensumständen dort, und wie wunderbar dennoch alles war – im Vergleich zu heute. Es gab keinerlei Verbrechen, man ging zur Kirche und zur Arbeit, ernährte sich karg aber gesund und saß abends bei Musik und Gesang beieinander. Ihr Gedächtnis war beeindruckend, auch unter Berücksichtigung der Vermutung, dass einiges dazu fabuliert sein musste, und dass sie die Vergangenheit natürlich über die Maßen verklärte. Zwischendurch schlich sich die eine oder andere Legende vom Rübezahl mit ein, die ich schon als Kind geliebt hatte, und denen ich an diesen Abenden ebenso gebannt lauschte wie eh und je.

Besonders jedoch versuchte sie, mir die verwandtschaftlichen Beziehungen zu erklären. Die hatte sie alle im Kopf. Ihre Mutter stammte aus einer Familie mit zwölf Kindern. Bei ihrem Vater waren es acht. Sie zählte die Namen aller ihrer Onkel und Tanten auf, dazu die späteren Ehepartner und Kinder. Ich glaube nicht, dass ihr dabei allzu viele Irrtümer unterliefen, aber merken konnte ich es mir leider auch nicht. Waren einfach zu viele! Irgendwo auf der Welt, wahrscheinlich weit verstreut, muss ich jedenfalls eine unüberschaubare Anzahl Großtanten- und Onkels und Cousinen und Vettern zweiten Grades haben – sofern sie noch leben. Ich ging durch den Garten zu meinem Haus, holte mir noch ein Bier, sie trank auch ein kleines Gläschen davon, kicherte dann wohl „siehst du, jetzt bin ich schon ganz besoffen". Es war die Zeit, in der Finchen begann, mir recht eng ans Herz zu wachsen – bis auf die Situationen, in denen ich sie am liebsten geschüttelt hätte. Davon gab es immer noch reichlich.

Nachdem ich das Gröbste auf meiner Baustelle geschafft hatte, nahm ich die Einladung meiner Cousinen (mütterlicherseits und nur drei, die kenne ich und kann sie mir merken) an und verreiste für ein verlängertes Wochenende. Ich verbrachte ein paar wunderbare Tage in München, die hatte ich mir verdient.

Zurück zuhause beschloss ich, das dolce fa´ niente noch etwas auszudehnen, duschte nur kurz, stellte die Reisetasche unausgepackt in die Diele und machte es mir mit Kaffee und Zigarette auf der sonnigen Terrasse bequem. Kurz vor dem Eindösen streifte mein Blick aus dem Augenwinkel ganz kurz Finchens Haustüre, die sperrangelweit offen stand. Seit wann lässt Finchen denn ihre Türe offen, dachte ich träge, das ist eigentlich nicht ihre Gewohnheit. Dann, schon weniger träge, nein, das macht sie grundsätzlich nicht, da könnte Tourniere ja glatt hinein spazieren. Und eine Schrecksekunde später war ich hellwach und schon auf dem Weg, nach Finchen zu sehen.

Ich fand sie, hilflos auf dem Rücken liegend, aber mit geöffneten Augen. „Lieber Himmel, Finchen, was ist passiert? Kannst du aufstehen? Hast du Schmerzen?"

„Wurde ja Zeit, dass du endlich auch einmal nach mir schaust! Vornehm in der Weltgeschichte umher reisen, ja das kannst du. Während ich hier sterben könnte, das ist dir ja anscheinend egal."

„Seit wann liegst du denn schon hier?"

„Blöde Frage! Seit ich eben gestürzt bin! Jetzt hilf mir schon auf, oder denkst du, ich will hier übernachten!"

Vorsichtig versuchte ich, Tante Josefine auf die Beine zu helfen, begleitet von jeder Menge Schmerzensschreie und lautem Schimpfen. Kurz gesagt, ich schaffte es nicht. Finchen, so leicht und winzig sie zu diesem Zeitpunkt schon geworden war, hatte eine ganz besondere Fähigkeit, sich stocksteif und sperrig zu machen, so dass sie keiner bewegen konnte. Allenfalls ein ausgebildeter Sanitäter. Ich holte eine Decke, die ich aber nicht über ihr ausbreiten durfte, die ich ihr jedoch schließlich zusammengefaltet unter den Kopf schob. Ein Glas Wasser sollte ich ihr bringen und sie dann gefälligst in Ruhe lassen.

Glücklicherweise erreichte ich Hilde am Telefon, die umgehend angeradelt kam. Gemeinsam schafften wir es, trotz heftigen Protests, Finchen aufzustellen und auf einen Gartenstuhl zu setzen. So laut Josefines Schmerzensschreie eben noch gewesen waren, so vehement weigerte sie sich nun, mich einen Arzt rufen zu lassen. Und wie ich es beinahe niemals fertig brachte, irgend etwas gegen Finchens Sturheit durchzusetzen, so gab ich auch jetzt nach. Sie bedankte sich bei Hilde und teilte ihr nebenbei mit, dass man mich nicht so ernst zu nehmen bräuchte, da ich schon immer etwas merkwürdig gewesen sei und in allem immer hinterher. Mich schickte sie kurzerhand nach hause.

Erst später, als ich am Abend Finchen sah, wie sie, zwar mühsam, aber putzmunter, zwei Gehstöcke in der Hand, durch ihren

Hühnergarten stakste, lockte und schimpfte und es nach einer guten Stunde wirklich geschafft hatte, alles Geflügel in den Stall zu sperren, war ich wieder einigermaßen beruhigt. Schwer verletzt war sie jedenfalls nicht.

Irgendwann im Lauf dieses Sommers verstarb eine alte Frau aus dem Ort. Die war, ebenso wie Finchen, Mitglied des katholischen Frauenbundes gewesen. Zur Bestattung zu gehen war mithin eine Pflicht. Die Finchen mangels Mobilität leider nicht erfüllen konnte, und ich wollte dafür bestimmt keinen Urlaubstag opfern. Finchen allerdings, mit der in derartigen Dingen nicht zu spaßen war, präsentierte mir sogleich die Lösung: „Am Vorabend der Beerdigung wird ein Rosenkranz für Lina gebetet. Dorthin gehen wir, so müssen wir nicht unbedingt zur Beerdigung gehen. Du hast ja abends sicher Zeit. Ein Rosenkranz kann dir auch nicht schaden!"

In Ermangelung einer Ausrede versprach ich, sie zu begleiten, war sogar etwas neugierig darauf, denn ich hatte das noch nie zuvor miterlebt. So dramatisch kann ein Gebet im Sprechchor nicht sein. Ich wusste, es werden Ave Maria und Vaterunser gesprochen, mehr findet nicht statt. Seitdem ist mir klar, warum viele ältere katholische Damen den Gebrauch von Haschisch eher verurteilen denn probieren: sie brauchen es nicht, es gibt andere Wege.

Das Gotteshaus in unserem Ort befindet sich nicht all zu weit von unserer Wohnsiedlung, und Finchen war, mit ein wenig Unterstützung, noch ganz gut zu Fuß. Mithilfe ihres Rollators, den unvermeidlichen Gehstock zur Sicherheit dabei, gingen wir langsam zur Kirche. In einer düsteren, vom Weihrauch vernebelten Nebenkapelle hatten sich bereits etliche Trauernde versammelt, zu denen wir uns gesellten. Dann begann irgend jemand, laut das ´Gegrüßet seist du, Maria´ aufzusagen. Die anderen stimmten murmelnd ein. Zwischendurch erhob einer die Stimme, um ein ganz besonderes Lob, eine Bitte oder Dank einzuflechten. Das Gebet wurde mehrmals wiederholt.

Nanu, die haben das Vaterunser wohl gestrichen, ging es mir durch den Kopf. Da kam es auch schon, war zu Ende. Hurra, fertig, das war ja gar nicht so schlimm, dachte ich erfreut – und leider falsch. Vielmehr ging es jetzt erst richtig los. Bis heute habe ich keine Ahnung, wie viele Perlen ein Rosenkranz hat. Fakt ist, es sind sehr, sehr viele, und für jede einzelne davon, die durch die Finger der Betenden glitt, erfolgte ein gemurmeltes Ave M. Für die dickeren Perlen ein Paternoster. Der Weihrauchkessel wurde großzügig geschwenkt. Rauchschwaden und monotones Murmeln lullten mich gründlich ein. Nach einer Weile schreckten mich selbst die lauten Zwischenrufe nicht mehr wirklich auf.

Finchen stieß mich an: „Was ist, willst du lieber hier bleiben?" Ich hatte nicht richtig geschlafen, auch nicht geschlummert. Fühlte mich irgendwie merkwürdig, ähnlich als hätte ich eben einen Joint geraucht. Nur nicht so gut. Eher dumpf und niedergedrückt, und mir war etwas schwindelig.

Die frische Luft außerhalb der Kirche, sowie der glückliche Umstand, dass Finchen ihren Rollator dabei hatte, an den ich mich während der ersten hundert Schritte klammerte, ermöglichten uns schließlich, den Heimweg unbeschadet zu bewältigen. Eine Aspirintablette befreite mich von dem pochenden Kopfschmerz, der sich später einstellte.

An Finchens Geburtstag fuhren wir zu einer nicht sehr weit entfernten Wallfahrtskirche. Man hatte sie errichtet, weil Kindern dort angeblich die Mutter Gottes erschienen war. So etwas ist für Finchen maßgeschneidert. So freute sie sich über den Ausflug, bewunderte den weißen Hirsch in seinem Gehege und besuchte einen Gottesdienst. Aufgrund der Rosenkranzerfahrung zog ich es vor, draußen zu warten.

Mit einem Fläschchen des Wunder wirkenden Wassers aus der Quelle im Gepäck fuhren wir zurück, tafelten gemütlich in einem Landgasthaus, und ich genoss es, dass Finchen unterwegs weder Tourniere noch sonstige Unholde heraufbeschwor. Kann es sein, dass solch ein Wasser irgendwie doch wirkt?

Dann wurde es Herbst, und Finchen packte wie jedes Jahr unzählige Koffer und einen ganzen Berg Taschen, um ihre Abreise nach Ruhpolding vorzubereiten. Hühner und Gans kamen zu Egger. Sie versuchte, mir die Versorgung der Katzen aufs Auge zu drücken. Ich erfand einige Gründe, die dagegen sprachen - in Wahrheit bin ich nicht der allergrößte Katzenfreund. Ihre Katze kam kurzerhand auch zu Egger, die vielen anderen hatten ja sowieso ein Zuhause. Für den nächsten Tag war ein Fahrer gefunden, morgen konnte es los gehen.

Es ist gut möglich, dass der Besuch der geheiligten Stätte an ihrem Geburtstag bei Tante Josefine die Erscheinung auslöste, von der sie mir am Abreisetag ganz nebenbei berichtete.

„Ich hoffe, der Herrgott kommt auch mit", schnaufte sie, während sie den letzten Koffer mühsam zudrückte.

„Ja, natürlich! Du glaubst ja so fest, dass Gott überall ist, also ist er auch in Ruhpolding bei dir."

"Ja, der auch. Sowieso. Aber ich meine den ganz besonderen Herrgott, der heute Nacht hier war."

„Wie, besonders?"

„Der, den ich halt gesehen habe. Ich wachte auf, und da stand er. An meinem Fenster, ein wenig vom Vorhang verdeckt. Er trug einen herrlichen weiten Mantel, hatte einen Bart und die Hände gefaltet."

Sie sagte das verzückt lächelnd, aber in einem nebensächlichen Ton, als sähe sie ihren Schöpfer jederzeit. Nichts besonderes.

„Hast du das geträumt?"

„Nein, habe ich nicht. Du kannst wohl nie aufhören, so dumm zu fragen! Ich weiß doch, was ich sehe, ich bin ja nicht verblödet!"

„Na, dann kommt er eben mit, ist doch schön!"

Jetzt wurde sie richtig begeistert.

„Und denkst du, er bringt auch die Häschen mit?"

„Hä?"

„Hatte ich das nicht gesagt? Da waren viele kleine Häschen bei seinen Füßen, die hüpften und tollten so richtig um ihn herum. Ach, das war so süß, du glaubst es gar nicht!"

Obwohl es mir einmal mehr die Sprache verschlug, beeilte ich mich, zu versichern, dass ganz bestimmt auch die Häschen mitkämen. Herrgott und Häschen real zu sehen, anstatt Tourniere und Teufel real zu fürchten - diese Psychose sollte sie gerne behalten.

8

In diesem Herbst erhielt ich einige beunruhigende Anrufe aus Ruhpolding.

Die ersten kamen von Tante Josefine. Leider hatte sie nicht nur den Herrgott samt Häschen mitgenommen, sondern doch auch wieder Tourniere, und der benahm sich schlimmer als je zuvor.

Finchen berichtete von Strahlen, die er mittels einer eigens von ihm erfundenen Technik durch geschlossene Jalousien und sogar durch Wände projizieren konnte.

„Ich weiß auch nicht genau, wie er das macht, aber sicher ist, dass er Nacht für Nacht vor meinem Zimmer steht und leuchtet. Die Strahlen sind ganz hell und auch sehr giftig, machen mich richtig krank. Jetzt hat er mich genug schikaniert, er kann mich nur noch umbringen, der Teufel. Und bis dahin dauert es nicht mehr lang!" Da half keine Logik, keine Beschwichtigungsversuche, für Finchen stand ihre Wahrnehmung außer Frage.

Nicht viel später rief die Ruhpoldinger Polizei an und erkundigte sich, ob ich mir vorstellen könne, wohin Finchens Tischdecke mit Rosenmuster sowie ein Nähetui verschwunden sein könnten.

Die Polizisten dort hatte echt die Arschkarte gezogen, indem man einst die Wache genau gegenüber des Seniorenheims eingerichtet hatte. Finchen beschäftigte daher täglich persönlich den gerade diensthabenden Beamten mit ihren Verdächtigungen.

Sie hatte Tourniere unter Verdacht, vermutlich in Zusammenarbeit mit der Wäschefrau im Heim. Schloss auch nicht aus, dass ihre Nichte, die leider geistig nicht ganz auf der Höhe sei, die Gegenstände entwendet haben könnte. Ich versicherte dem Anrufer, dass ich seit Jahren keine Schlüssel für Finchens Räumlichkeiten besaß – kein Schlüssel, keine Möglichkeit zum Stehlen. Ein einziger Mensch in ihrer Umgebung sollte ihr Vertrauen besitzen. Stellte klar, dass mein Geisteszustand in ausreichendem Maß der Norm entsprach und konnte so unkompliziert gleich am Telefon den Verdacht, der auf mir lastete, ausräumen.

Wenige Wochen später teilte mir eine Dame der Verwaltung der Wohnanlage mit, man habe Finchen nunmehr das Appartement im betreuten Bereich gekündigt und sie in ein Einzelzimmer ohne Kochnische verlegt, und man hoffe, ich sei damit einverstanden. War ich, besonders als Folge der strengen Ansage, alternativ könne ich meine Tante natürlich auch umgehend abholen. Nach dem Grund für den Umzug gefragt, antwortete man, dass bereits zwei Mal die Feuerwehr anrücken musste. Tante Josefine hatte, nachdem sie begonnen hatte eine Mahlzeit zuzubereiten, Pfanne, Fett und glühende Herdplatte auf sich beruhen lassen und war in den Speisesaal gegangen. Jedes Mal konnte dank der Rauchmelder ein Zimmerbrand im letzten Augenblick verhindert werden. „Aber auch ein vollkommen verqualmtes Appartement ist kein Spaß, von den Instandsetzungskosten ganz zu schweigen. Ihre Tante ist eine Gefährdung für alle Mitbewohner, sie braucht Aufsicht."

„Jetzt hat sich auch der Koch mit Tourniere verbündet", klagte Finchen einige Tage später am Telefon. „Das Essen schmeckt nach Gift. Der teuflische Verbrecher hat dem Koch eine Menge Geld dafür gegeben, dass er ihm hilft, mich zu beseitigen. Ich bleibe keinen Tag länger in diesem Mordhaus, wo alle gegen mich arbeiten. Da du jetzt so schön nah bei mir wohnst, kehre ich nicht erst im Frühling zurück, sondern sofort. Dann bist du auch nicht mehr so allein und kommst wieder besser zurecht!"

Sprachs und setzte sich in Bewegung. Es war erst Januar, kalt und unerfreulich. Finchens mit Öleinzelöfen ausgestattetes Häuschen erschien mir nicht gerade das geeignete Winterquartier für eine beinahe neunzigjährige Greisin zu sein – aber, wie seit jeher, mit Argumenten kam ich gegen Finchens Starrsinn nicht an. Da ich überdies das Gefühl hatte, dass sie, unselbständig und abhängig von Pflegekräften, sehr unglücklich war, fiel mein Versuch, sie davon zu überzeugen im Altersheim zu bleiben, eher bescheiden aus.

Der restliche Winter gestaltete sich nicht ganz so schlimm wie befürchtet.

Im Prinzip war alles ähnlich wie im Sommer, nur dass dazu kam, dass ich die Ölöfen jeden zweiten Tag nachfüllen musste. Das Einkaufen war ein bisschen schwieriger, weil Finchen mit ihren beiden Gehstöcken auf glatten Wegen natürlich noch viel unsicherer ging als ohnehin. Die Hühner blieben nach längeren Debatten vorerst bei Egger, nur die Katze konnte ich nicht verhindern. Es wurde ein Katzenklo angeschafft; die Katze, Freigang gewohnt und wahrscheinlich auch doof, kapierte nicht, was es damit auf sich hatte. Da Finchen ´das arme Tier doch nicht in die Kälte jagen´ wollte, stank das Häuschen innerhalb kürzester Zeit bestialisch, so dass ich meine Aufenthalte darin auf das Allernötigste beschränkte. Waren die Ofentanks gefüllt, verschwand ich umgehend. Wie bereits erwähnt: beizeiten den Geruchssinn zu verlieren kann auch von Vorteil sein...

An den Wochenenden packte mich oft das schlechte Gewissen, wenn ich es mir mit Tee, Zigaretten und einem spannenden Buch auf dem Sofa gemütlich machte. Im Kachelofen knackten die Holzscheite, es war kuschelig warm, und Finchen saß in ihrem schlecht geheiztem Haus in Gesellschaft nur von Stinkekatze und wartete aufs Dunkelwerden, damit sie schlafen gehen konnte.

Häufig holte ich sie dann für den Nachmittag zu mir. Nicht wirklich aus Mitleid, vielmehr zur Beruhigung meines Gewissens. Ich schob den bequemen Bürostuhl vor das Fernsehgerät, machte den Stuhl so niedrig es nur ging, und platzierte Finchen darauf. Mit Begeisterung konnte sie so stundenlang fernsehen.

Auf beinahe jedem Kanal kommt zu beinahe jeder Zeit eine Sendung: ´Elefant, Giraffe und Erdmännchen´ oder so ähnlich; es war, als hätte jemand dieses Format extra für Finchen erfunden. Sie trank Pfefferminztee und freute sich, während ich sehr entspannt meinen Sofaaufenthalt nun wirklich genießen konnte.

Vor Einbruch der Dunkelheit brachte ich sie wieder zurück. Damals noch einigermaßen rüstig, machte sich Finchen ohne Hilfe bettfertig und ging zeitig schlafen. Gelegentlich schlief sie wirklich eine Nacht lang durch. Häufiger nicht. Das waren die Nächte, in denen Unterschiedliches vorkommen konnte:

Harmlos war es, wenn sie bei mir anrief, solange ich noch wach war. Meist standen dann fremde, dunkel vermummte Männer vor ihrer Haustüre; bei ihnen natürlich auch Tourniere. Seine giftigen Strahlen jage er durch ihre Wände. Jemand, wahrscheinlich ebenfalls Tourniere, polterte derweilen auf ihrem Dach.

„Das geht doch gar nicht, er kann nicht auf deinem Dach sein und zugleich vor deiner Haustür stehen."

„Red nicht so dumm, du weißt ganz genau, dass Tourniere alles kann, er ist schließlich eine Teufelsbrut."

Ich versprach, mich darum zu kümmern, dass wer auch immer mit seinen Störungen sofort aufhörte. Sie schlief zufrieden ein und ich öffnete mir ein weiteres Bier.

Unangenehmer für mich, wenn sie mitten in der Nacht wach wurde. Ihr Kopf gaukelte ihr wiederum beängstigendes Geschehen vor und mein Telefon klingelte zu jeder erdenklichen Nachtzeit. Meist sollte ich ´nur eben rüber kommen und nachsehen, wer denn schon wieder bei ihr sei´. Ich stand also auf, zog mich an und stiefelte durch den matschigen, eiskalten Garten zu ihr, wo sie mich, im langen Unterhosen unter dem Morgenmantel, klein, blass und verschüchtert hinter der Haustüre erwartete. Vorerst weigerte ich mich noch erfolgreich, über den Polizeinotruf Hilfe anzufordern. Ich behauptete, alle bösen Gestalten auf dem Weg zu ihr bereits verjagt zu haben. Wünschte gute Nacht und ließ sie allein. Meist blieb es bei einem Anruf pro Nacht, den sie am nächsten Morgen bereits wieder vergessen hatte. Nur ich nicht, ich fuhr ein weiteres Mal unausgeschlafen zur Arbeit.

Der Winter verging trotz allem irgendwann. Der Frühling verhieß Sonnenschein und Wärme. Und die Rückkehr der Hühner. Eggers Versuch, mir die artgerechte Haltung und Pflege des Federviehs zu erklären, wimmelte ich umgehend ab. Egger hat mir absolut nichts zu erklären, geschweige denn, mir eine Aufgabe aufs Auge zu drücken. Außerdem ekle ich mich davor, Geflügel zu nahe zu kommen. So ähnlich äußerte ich mich ihm gegenüber, um im Gegenzug hämisch vorzuschlagen, er solle doch am besten selbst diese kleine Hilfeleistung für seine alte Nachbarin zu übernehmen. Völlig unerwartet stimmte Egger zu. Wobei ich feststellen musste, dass er seinem Versprechen nur sehr halbherzig und auch nur im Notfall nachkam.

In diesem Sommer versorgte Finchen ihr geliebtes Federvieh eigenhändig, so gut sie konnte. Das war nicht besonders gut, aber sie gab ihr Möglichstes. Die Tiere bekamen teures Spezialfutter, Kartoffeln, Haferflocken und immer frisch gekauften grünen Salat, von allem viel. Zu viel. In einem kleine Eimerchen stand Trinkwasser bereit. Die Gans, die Finchen kurz darauf von einer unwissenden Bäuerin mit den besten Absichten geschenkt bekam, verendete ziemlich schnell an Verfettung, und wahrscheinlich auch, weil ihr Wasser fehlte. Der Hühnerstall wurde niemals gereinigt, gelegentlich stopfte Finchen ein paar Handvoll Rasenschnitt hinein. Frisches Stroh gab es nicht, und die Eier, die Finchen manchmal fand, wollte niemand essen. Man wusste nie, wie lange die schon in dem stickig heißen, total verdreckten Stall gelegen hatten.

So oft ich Finchens Geflügelzucht sah, schwankte ich zwischen dem Bedürfnis, diesem Zustand umgehend mittels ein paar engagierter Tierschützer ein Ende zu bereiten, und Verständnis für meine Tante, die all das von Herzen gut meinte und der Überzeugung war, besser als sie könne niemand für ihr Hühnervolk sorgen. Das Verständnis siegte. Entschuldigung.

Für Finchen selbst war die Beschäftigung natürlich sehr gut. Es half, sie einigermaßen fit zu halten. Auch wenn mir jeden Abend die Haare zu Berge standen, wenn ich beobachtete, wie sie die Hühner in den Stall trieb. In jeder Hand einen Gehstock, stolperte sie durch den Hühnergarten, lockte mit sanfter Stimme, schimpfte weniger sanft, drohte auch mit dem Fuchs oder Tourniere, beide böse Hühnerdiebe! Zeitaufwand, wenn alles einigermaßen glatt ging, eine gute Stunde. Mehr, wenn eines oder mehrere der Hühner die Flucht wagten, aus dem umzäunten Garten rannten und Gefahr liefen, auf der Straße unter die Räder zu geraten. Finchen rief laut nach mir, ich solle ihr doch gefälligst helfen. Wobei sie genau wusste, dass ich mit Geflügel nichts zu tun haben wollte. Das waren die wenigen Ausnahmen, in denen ich Eggers Telefonnummer wählte und ihn aufforderte, seiner Nachbarin, wie zugesagt, mit den Hühnern zu helfen. Die einzige Unterstützung, die sie meinerseits im Bezug auf die Viecher erwarten durfte, bestand darin, dass ich ihr jeden Abend von meiner Terrasse aus bei der Jagd zusah, bereit, sofort einzuspringen, sollte sie in dem von den Bewohnern löchrig gescharrten Gelände stürzen. Was zum Glück nie geschah, und so brauchte sie davon auch nichts zu erfahren.

In diesen Situationen war mir durchaus bewusst, dass ich hartherzig und gemein war. Wollte das aber nicht ändern. Denn manches muss man auch fern halten können. Bei mir waren es die Hühner.

Nicht wenige Sommersonntage verbrachten Finchen und ich in schönster Eintracht. Wir suchten uns, je nach Lust und Wetterlage, einen Platz auf der Terrasse oder vor ihrem Häuschen, immer dort, wo es gerade am sonnigsten war. Oder, an sehr heißen Tagen, unter den alten Bäumen in meinem Garten. Sie liebte kühle Buttermilch. Diese Leidenschaft teile ich mit ihr, und so verdiente die Handelsmarke Weihenstephan ganz gut an uns. „Bring mir ja nichts anderes daher! Die gute, einzig trinkbare Buttermilch machen nur die Mönche im Kloster Weihenstephan." Wie gehabt, jegliche Klarstellungsversuche zwecklos.

Ihre Fähigkeit, lange, interessante Geschichten zu erzählen hat Finchen erst ganz spät verloren, als sie kurz vor ihrem Tod kaum noch sprach. Solange sie konnte, erzählte sie gerne. Rübezahl, Flucht, Familie waren da schon alle ein wenig vermischt worden, und was dabei heraus kam, faszinierte und amüsierte mich jedes Mal. Auch dem Gesang war Finchen treu geblieben. Die Stimme nicht mehr so kräftig (außer sie schimpfte), aber beim Singen immer noch recht angenehm, schallte das Lied von dem toten Polenmädchen ebenso durch den Garten wie Choräle aus dem katholischen Gesangbuch. Nicht zu vergessen ihr Lieblingslied vom Vogelbeerbaum.

An diesen behaglichen Sommertagen hatte Tourniere keine Chance, in Finchens Bewusstsein vorzudringen. Nicht, dass die Psychose abwesend gewesen wäre, sie gestaltete sich nur anders.

Einmal deutete Finchen ganz aufgeregt in Richtung ihres Häuschens. „Meine Güte, was machen die denn da? Na die sehen aber komisch aus, findest du nicht?"

Ich spähte in die Richtung, in die sie wies, sah aber nichts als ihr Häuschen, Bäume, Geräteschuppen und Hühnergarten.

„Wer sieht denn komisch aus? Die Hühner sehen aus wie immer, weiter ist niemand da!"

„Du bist ja immer noch schwer von Begriff! Da sitzen doch Männer auf dem Dach des Geräteschuppens. Mindestens drei, ich glaube sogar vier. Die kann man doch nicht übersehen. Besonders, weil die so auffällige Anzüge tragen. Ich glaube beinahe, das sind Astronauten! Ja, genau, Mondanzüge haben die an. Was meinst du, sind die da gelandet? Sollen wir ihnen nicht vielleicht etwas zu trinken anbieten? Wer weiß, wie lange die schon unterwegs waren, vom Mond ist es ein ganzes Stück bis zu uns!"

Wenn Finchen derartige Dinge sah – in diesem Augenblick sah sie sie wirklich, für sie war es keine Einbildung – war sie nicht eine Spur ängstlich. Im Gegenteil, da war sie freudig aufgeregt und lächelte fröhlich. Ich beließ es also dabei, versuchte nicht, ihr etwas auszureden, und kurz darauf waren die Mondreisenden nicht mehr da. Dann sang sie weiter und hatte alles schon wieder vergessen.

In diesem Sommer sah sie riesige bunte Hühner auf dem Nachbardach, farbige Hasen überall, mit und ohne Begleitung Gottes, diverse Heilige, gekleidet in festliche Gewänder, die durch den Garten steiften, und eine ganze Menge lustiger, nicht beängstigender Dinge. Und freute sich darüber.

Anders nachts, wenn Tourniere, Tod und Teufel die Oberhand gewannen. Nachdem Finchen mich einmal eine ganze Nacht lang mit sechs Anrufen auf Trab gehalten hatte, beschloss ich, sie künftig in meinem Haus schlafen zu lassen, sollte nach dem unvermeidlichen ersten Anruf keine Ruhe sein.

Meine Couch im Wohnzimmer kann man zu einem halbwegs brauchbaren Gästebett umbauen. Ich brachte eine kleine Lampe in erreichbarer Nähe an, deckte Finchen eigenhändig sorgsam zu, gute Nacht! Und wollte selbst auch schlafen gehen; morgen musste ich noch zeitiger aufstehen als üblich. Finchen musste nachhause geführt werden, bevor ich zur Arbeit fuhr.

„Kannst du nicht bei mir schlafen, bitte?" Sie äußerte diesen Wunsch, entgegen ihrer meist sehr herrisch hervorgebrachten Anordnungen, ganz bescheiden und kleinlaut.

„Nein, Finchen, eigentlich nicht. Ich schlafe in dem Zimmer genau über dir. Ich kann alles hören, und wenn etwas ist, kann ich dich beschützen."

„Mach wenigstens die Fenster zu!"

„Die Fenster sind geschlossen!"

„Die Rollläden aber nicht, der Teufel kann jederzeit herein sehen. Wenn er mich entdeckt, ist er auch gleich drinnen, glaub es mir!"

Ich schloss die Rollos, aber da war noch die Terrassentüre, die hatte kein Rollo und auch keine Klappläden. „Wenn du die Türe nicht richtig schließen kannst, dass man nicht hindurchsehen kann, schläfst du gefälligst bei mir!" Keineswegs mehr kleinlaut, gewohnt gebieterisch. Geschlagen brachte ich das große Luftbett und mein Bettzeug ins Wohnzimmer.

„Du kannst doch bei mir auf dem Sofa schlafen. Du musst jetzt nicht so einen Aufwand machen!"

Gut, ich stand Finchen einigermaßen nahe, *so* nahe aber auch nicht. Die Couch misst nur einen Meter zwanzig in der Breite!

Ich versuchte einzuschlafen, obwohl Finchen, in Erinnerung an längst vergangene Mädchenlagerzeiten, munter drauflos schwatzte. Kaum war ich im leichten Halbschlaf angekommen, weckte sie mich auf, um zu verlangen, dass ich sie zur Toilette begleite. Ich murmelte „nur zur Türe hinaus und geradeaus, Licht brennt", und drehte mich um. Ich hörte Finchen mit Bettdecke und Gehstöcken hantieren, hörte sie irgendwas vor sich hin murren, hörte lautstark die Toilettenspülung rauschen.

Es kehrte wieder Ruhe ein, und Finchens gleichmäßigen Atemzügen entnahm ich, dass sie jetzt endlich eingeschlafen war.

Mein zweiter Einschlafversuch scheiterte nicht an Finchen, sondern an dem verdammten Luftbett, das diese Bezeichnung völlig zu Unrecht trug. Von Luft konnte nach kurzer Zeit keine Rede mehr sein, die verlor es im Handumdrehen. Zuerst hatte ich nichts bemerkt, auf einmal lag ich hart auf dem Boden!

Da Finchen fest schlief, nahm ich die Gelegenheit wahr und mein Bettzeug in den Arm und schlich in mein Schlafzimmer. Doch auch dort hörte ich laut und deutlich Finchens mehrmalige Toilettengänge, begleitet vom Krachen ihrer Gehstöcke auf dem Fußboden, Wasserrauschen, lauten Selbstgesprächen. Am folgenden Morgen erwachte Finchen ausgeschlafen und unangefochten von jedwedem Teufel so früh, dass ich es, wenn auch etwas angeschlagen, rechtzeitig zur Arbeit schaffte. Auf Finchens Frage, wer denn eigentlich das kleine freundliche alte Weiblein sei, das in der Nacht in meinem Haus herumläuft, wusste ich allerdings keine Antwort.

So hielt ich es von da an immer: Ein Anruf, Beruhigung, alles gut. Nur selten nächtliche Polizeinotrufe. Mehr als ein Anruf, Übernachtung auf meinem Sofa. Vor nächtlichen Störungen schützte ich mich, indem ich mir leichte Schlaftabletten besorgte. Finchen musste man nicht bewachen, eingebildete Tournieres und Teufel sind relativ harmlos, die tun keinem was. Und soviel ich weiß, hat keiner davon Finchen jemals besucht, wenn sie bei mir übernachtete. Nur das freundliche Weiblein, regelmäßig.

Der September nahte. Ich überlegte, wie Finchens neunzigster Geburtstag zu gestalten wäre. Nämlich erstens ohne Finchen zu überlasten, zweitens möglichst stressfrei für mich. Es stellte sich jedoch heraus, dass Finchen geplant hatte, ihren Ehrentag im geliebten Ruhpolding zu begehen, um anschließend, dieses Mal für immer, keinesfalls nur während des Winters, dort zu bleiben. Sie bat mich, ihr deswegen nicht böse zu sein. „Das verstehst du doch bestimmt? Dass ich meinen letzten Geburtstag in der Heimat verbringen möchte? Und dann dort in Frieden Sterben?"

Es wurde *nicht* ihr letzter Geburtstag, aber natürlich verstand ich sie. Bereitwillig und ziemlich erleichtert.

Ich informierte mich online über verschiedene Seniorenheime in Ruhpolding und Umgebung. Das in Traunstein hatte, ebenso wie das in Rosenheim, einen guten Ruf, zugleich erschwingliche Preise.

„Blöd bist du, das kennt man ja! Traunstein ist nicht Ruhpolding, du dummes Ding, Rosenheim erst recht nicht! Ich gehe nur nach Ruhpolding, bilde dir ja nichts anderes ein!"

Blieb nur noch Sankt Edeltraud in Ruhpolding, allem Anschein nach auch recht nett, allerdings erheblich teurer und Teil einer großen Altenheimkette. In der Seniorenwohnanlage, die sie bisher beherbergt hatte hatte, wollte man sie nicht mehr haben. Das wunderte mich nur mäßig.

Für den Vorschlag, bei Sankt Edeltraud nachzufragen, erntete ich großes Lob. „Ja, natürlich, das ist doch die beste Lösung! Bei den barmherzigen Schwestern bin ich ganz sicher gut aufgehoben! Da wird Nächstenliebe noch groß geschrieben, und die pflegen mich auch viel besser, wenn ich älter werde!"

„Da sind aber keine barmherzigen Schwestern...",

doch bevor ich meine Erklärung fortsetzen konnte, verlangte Finchen barsch das Telefon. Ich wählte für sie, um sodann verblüfft zu hören, wie sie professionell verhandelte, routiniert ein Einzelzimmer mit Blick auf die Berge buchte und die Zusage zu meiner großen Überraschung auch gleich erhielt. Mit den besten Empfehlungen unbekannter weise an die Schwester Oberin verabschiedete sie sich strahlend. Ich unterließ jeden weiteren Versuch, ihr klar zu machen, dass ein ´Sankt´ vor dem Namen nicht gleichbedeutend mit Nonnen sei. Der wäre ohnehin zwecklos gewesen. Sollte sie doch selbst sehen.

Der Übersiedlungstermin kam näher. Finchen, die ernsthaft geplant hatte, nie mehr in ihr Häuschen zurück zu kehren, begann, das Nötigste in acht Koffer, etliche Reisetaschen und eine unbekannte Anzahl Plastikbeutel zu packen. Hühner und Katze fanden Asyl bei Egger, dem auch ihre Schlüssel, von welchen eine nicht unbedeutende Menge existierte, anvertraut wurden.

Monika, eine gute Freundin aus Ruhpolding, kam am frühen Vormittag, um Finchen ins Alpenland zu fahren und im Altenheim abzuliefern. In der Absicht, nichts zurück zu lassen, was für einen erfreulichen Lebensabend unabdingbar war, hatte Finchen die Übersicht gründlich verloren. Monikas und mein Versuch, etwas mehr Ordnung in Finchens Gepäck zu bringen, indem wir einige Koffer kurzerhand wieder auspackten und andere umräumten, scheiterte an Finchens Eigensinn, dieses Mal gepaart mit hochgradiger Nervosität. Uns blieb nichts übrig, als aufzugeben und in der Sonne vor dem Häuschen ein paar Zigaretten zu rauchen, während Finchen laut schimpfend mit den Koffern hantierte. Was uns nicht beliebter machte, sondern im Gegenteil noch mehr, im schrillen Ton der beginnenden Panik geäußerten Tadel herauf beschwor.

Irgendwann war Finchen dann doch reisefertig. Inzwischen später Nachmittag, drängte Monika zum Aufbruch; sie wollte möglichst noch bei Tageslicht ihr Ziel erreichen. Der Abschied fiel entsprechend kurz aus, und Finchen weinte herzzerreißend. Ich vergoss auch Tränen, war es doch ein Abschied für immer. Der eine oder andere kurze Besuch im Altenheim, oft würde ich mir die Fahrt in die Berge nicht leisten können. Keine Geschichten, kein Vogelbeerbaum mehr. Und kein Tourniere, kein Teufel! Und sofort waren alle trüben Gedanken wie weg geblasen.

An ihrem neunzigsten Geburtstag rief ich bei Finchen an, um ihr meine herzlichen Glückwünsche auszusprechen. Ich musste erfahren, dass ich jetzt gerade sehr unpassend anriefe, denn soeben sei der Herr Landrat samt Blaskapelle eingetroffen; „stell dir nur vor, alles meinetwegen!" Und schon hatte sie wieder aufgelegt. Offenbar ging es Finchen ausgesprochen gut.

9

Irren ist menschlich. Wie sehr man sich irren kann, merkte ich eines Freitags im Oktober. Eggers Frau rief mich an, um mir kurz und knapp mitzuteilen, dass meine Tante soeben mit dem Taxi vorgefahren sei, um ihre Schlüsselbunde und die Katze abzuholen. Die Sympathie zwischen Egger und mir hält sich bekanntlich sehr in Grenzen. Dass mich seine Angetraute absichtlich frech belügen würde, glaubte ich dennoch nicht.

Ein guter Freund pflasterte gerade meine Einfahrt, wobei es meine Aufgabe war, ihn mit einer stets ausreichenden Menge Pflastersteine zu versorgen. Und mit einer erklecklichen Menge Bier; das war einfacher, denn es brauchte nicht mit der schwer beladenen Schubkarre angeschleppt zu werden. Auf jeden Fall neigte sich der Arbeitstag dem Ende zu, bald Zeit für Feierabend. Ich war ziemlich ausgepowert, verschwitzt und schmutzig, als mich der Anruf erreichte. Ab diesem Moment darüber hinaus einigermaßen verwirrt.

Ich rief Uli zu „Pause", wir setzten uns mit einer Zigarette auf die Treppe. Erst danach war ich in der Lage, zu Finchens Haus hinüber zu stapfen und die Nachricht zu verifizieren.

Lieber wäre es mir gewesen, ich wäre einer Lüge aufgesessen. Das war natürlich nicht der Fall. Die Haustür stand offen, ich betrat ohne zu Klingeln das Häuschen. Müde und verloren saß Finchen im Wohnzimmer, Katze auf dem Schoß, neben sich ihr kleines Handtäschchen und eine Plastiktasche.

„Großer Gott, Finchen, was machst du denn hier?" Vor lauter Verblüffung vergaß ich eine anständige Begrüßung, holte diese aber umgehend nach.

„Ja, was mache ich denn wohl hier? Ich wohne hier, hast du das schon vergessen?"

„Aber – äh – solltest du nicht in Sankt Edeltraud sein? In Ruhpolding?"

„Ach, die können mich am Arsch lecken. Ich bin wieder ausgezogen, dort kann ich es nicht aushalten. Lass mich doch erst mal ein wenig ausruhen und komm später, dann erzähle ich dir alles. Und schließe die Türe hinter dir, Jean Tourniere verfolgt mich seit der Abfahrt!"

Die letzten Pflastersteine karrte Uli selbst heran. Ich gab auf, nachdem ich mehrmals ans Telefon rennen musste, das kaum mehr still stand. Es gab während des restlichen Nachmittags keine Ruhe mehr. Der letzte Anruf fand am sehr späten Abend statt.

Die genaue Reihenfolge habe ich vergessen. Der allererste Anruf kam, daran erinnere ich mich, aus Ruhpolding. Es war die Heimleiterin Sankt Edeltrauds, die mir sehr nervös und umständlich erklärte, meine Tante sei leider spurlos verschwunden, um im gleichen Zug zu versichern, das sei aber nicht ihre Schuld.

„Moment mal, haben sie nicht auch irgendeine Art von Aufsichtspflicht ihren Bewohnern gegenüber?"

„Nicht, wenn die Bewohnerin nicht als fluchtgefährdet gilt."

Das konnte ich zwar nicht so recht glauben, beschloss aber, es erst mal so im Raum stehen zu lassen. Wenn ich Zeit hätte, könnte ich ja interessehalber den entsprechenden Paragrafen im Heimgesetz nachlesen.

Nachdem mir die aufgeregte Heimleiterin beruhigend mitteilte, es sei wahrscheinlich gar nicht schlimm, da sie sofort die Polizei verständigt habe, die meine Tante sicher schnell finden würde, befreite ich sie vom Großteil ihrer Sorgen, indem ich ihr sagte, dass Finchen bereits hier eingetroffen sei, sie könne die Polizei getrost zurück pfeifen.

Als sie daraufhin, in einem merklich veränderten Tonfall, begann, mich mit dem Vorwurf zu konfrontieren, warum ich denn nicht sofort das Heim verständigt hätte, legte ich einfach auf. Für so etwas hatte ich grade keinen Nerv.

Leider ging der polizeiliche Dienstweg inzwischen seinen Gang. Minuten später hatte ich eine Dame der hiesigen Polizeistation am Apparat, mit in etwa der gleichen Aussage, wie sie schon zuvor die Heimleitung getätigt hatte. Auch diese konnte ich beruhigen. Die Polizistin, sehr diensteifrig, belehrte mich nun, was ich zu tun hätte: nämlich dafür zu sorgen, dass es meiner Tante gut gehe, mehr nicht. Also die notwendige Medikation herbei schaffen, möglichst einen Arzt rufen, der bestätigen kann, dass sie überhaupt reisefähig gewesen sei. (Nachträglich? Das leuchtete mir nicht wirklich ein). Sie mit ausreichend Nahrung zu versorgen. Dass sie in ihrer Verwirrung nicht alleine sein sollte. Die Liste war noch um einiges länger.

„Und wie soll ich das genau machen? Es ist Freitag Abend, alle Geschäfte sind geschlossen, der Arzt ist auch nicht erreichbar. Darüber hinaus hatte ich den heutigen Abend eigentlich anders geplant."

„Das kann ich ihnen leider auch nicht so genau sagen. Fakt ist, es ist ihre Angehörige, sie haben ab sofort die volle Verantwortung."

"Und warum ausgerechnet ich?"

„Habe ich doch gesagt: sie sind die Angehörige, die am einfachsten erreichbar ist."

Uli war inzwischen gegangen. Als ich zwischendurch nach Finchen sehen wollte, schlief sie offenbar, denn auf mein Klingeln öffnete sie nicht. Gut, dann eben später.

Abermals ein Anruf von Sankt Edeltraud. Ob es Frau Josefine W. gut gehe. „Ja, ich denke schon, sie schläft gerade." Ich nahm die Gelegenheit wahr, nun endlich genauer nachzufragen, wie diese Flucht passieren konnte, und erfuhr folgendes:

Finchen hatte demnach heimlich beschlossen, das Altenheim zu verlassen. Sie bat die Stationsleitung, ihr ein Taxi zu rufen, da sie wichtige Dinge bei der Beamtenbetreuungsstelle in Rosenheim zu erledigen hätte. Dies wurde ihr ausgeredet. Vormittags war ihr nicht gut gewesen, sie solle ihre Besorgungen am Besten auf nächste Woche verschieben.

Was mir deutlich zeigte, dass man meine Tante in ihrem neuen Domizil noch nicht richtig kennen gelernt hatte. Andernfalls hätte man gewusst, wie wenig aussichtsreich jeder Versuch war, Finchen egal was auszureden. So wie mir Finchens Flucht insgesamt zeigte, dass sie trotz ihrer mehr als neunzig Lebensjahre noch immer fähig war, listenreich ihren Willen durchzusetzen.

Allem Anschein nach hatte Finchen den Anruf bei der Taxizentrale dann selbst getätigt – mit Hilfe einer guten Leselupe konnte sie die Ziffern auf dem Telefon gerade noch sehen – war in einen Wagen gestiegen und wirklich nach Rosenheim gefahren. Im Heim war ihr Verschwinden bereits aufgefallen. Man hatte die Taxizentrale beauftragt, den entsprechenden Fahrer anzuweisen, mit der kleinen Dame an Bord sofort umzukehren und sie im Altersheim abzuliefern. Dank Finchens unverwechselbarer Erscheinung war es nicht schwer, den betreffenden Chauffeur ausfindig zu machen, dessen Wagen sie zu diesem Zeitpunkt allerdings bereits wieder verlassen hatte. Am Bahnhof in Rosenheim. Wo man umgehend angerufen hatte. Es wurde den Schalterbeamten eine Nachricht hinterlassen, keinesfalls einer kleinen, sehr alten Dame, mit Gehstock, aber ohne größeres Gepäck, einen Fahrschein wohin auch immer zu verkaufen. Dass Josefine die Hürde des Fahrkartenautomaten überwinden könne, schloss man zu recht aus.

Leider wurde Finchen am keinem der Fahrkartenschalter gesehen, und so verlor sich am Bahnhof Rosenheim ihre Spur. „Alles andere müssen sie sich von ihrer Tante erzählen lassen, wir können uns nicht erklären, wie sie die weite Fahrt überhaupt bewältigen konnte." Ob mit der Bahn? wurde ich gefragt, aber das wusste ich zu diesem Zeitpunkt auch noch nicht. Ich hatte übrigens nicht vor, den Damen von Sankt Edeltraud irgend etwas zu berichten, erführe ich denn jemals die Wahrheit. Hätten die doch besser aufgepasst, die Schlafmützen!

Kaum war dieses Telefonat beendet, meldete sich die Polizistin, die mich vorher kontaktiert hatte.

„Sie sollten ihr Telefon bitte frei halten. Das Altenheim in Ruhpolding hat mehrmals versucht, sie zu erreichen, die Leitung war jedoch längere Zeit besetzt."

„Mit denen habe ich eben telefoniert, was gibt es denn noch?"

„Hat man ihnen gesagt, dass für Frau W. akute Lebensgefahr besteht? Sie müssen umgehend Blutdruck und -zucker messen, am Vormittag hatte sie bei beidem beängstigend hohe Werte. Dies wollte ihnen die Stationsschwester mitteilen, aber sie mussten ja anderweitig plaudern. Deshalb gab es für die Altenpflegerin keine andere Möglichkeit, als die Polizei zu bemühen."

Ihr Tonfall - ausgesprochen vorwurfsvoll.

Was bildete sich die doofe Kuh eigentlich ein? Ich beherrschte mich und äußerte nichts dergleichen, sondern gab zurück, dass ich leider keinerlei medizinische Ausbildung hätte, mich daher mit derartigen Werten nicht auskenne und auch über keine entsprechende Ausrüstung verfüge.

Aber große Sorgen machte ich mir jetzt doch.

Es folgte ein unglaublicher Fall von Ferndiagnose. Der hätte auch gut daneben gehen können. Zum Glück ist nichts passiert.

Was mir einige Scherereien ersparte. Strafanzeigen gegen Ärzte haben auch eher wenig Erfolgsaussicht.

Mit wenig Hoffnung auf ein Wunder, nämlich dass er zu dieser vorgerückten Uhrzeit noch da sein möge, versuchte ich unseren Hausarzt anzurufen. Das schien mir die einzige Chance, wirklich Hilfe zu bekommen, denn der ist zuverlässig, hilfsbereit, kompetent, und er kommt auch zu wenig attraktiver Uhrzeit ins Haus, wenn es nötig ist. Wenn er noch in der Praxis ist.

Natürlich war er nicht mehr da. Es lief nur ein Band, auf dem mir eine Telefonnummer mitgeteilt wurde. Ich wählte, um von einem Mann in der Zentrale wiederum eine andere Nummer zu erfahren. Dort meldete sich endlich der Bereitschaftsarzt. Der allerdings nicht wirklich bereit war, sondern gelangweilt fragte, wie hoch denn die Werte seien. „Weiß ich nicht, ich habe nur am Telefon gehört, sie seien beängstigend. Von der Schwester im Altenheim!"

Ich gab ihm eine Kurzfassung der Ereignisse, damit er sich wenigstens einen kleinen Reim auf alles machen konnte.

„Dann messen sie sie bitte und rufen mich danach wieder an".
„Kann ich nicht, Herrgott noch mal!"

Ich wurde aufgefordert, Finchens zuletzt gemessene Werte in Sankt Edeltraud zu erfragen, und auch, wann und was sie zu sich genommen habe, um mich dann wieder bei ihm zu melden. Danach erst könne er die weiteren Schritte einleiten.

Also nochmal ans Telefon, in Sankt Edeltraud Gesundheitswerte erfragt, (offensichtlich pfeift man dort auf Datenschutz, jeder hätte anrufen können!) Arzt angerufen und Werte durchgegeben.

„Hat ihre Tante ihr Medikament bei sich?"

„Keine Ahnung, sie ist zuhause und schläft, ich kann gar nicht hinein."

„Ja gute Frau, was denken sie denn? Sie müssen sie dringend aufwecken und ihr ihre Medizin verabreichen. Derart hohe Blutzuckerwerte erfordern Behandlung! Und, eh ich es vergesse: ich brauche die Kontaktdaten ihrer Tante."

Ich gab sie durch, unterdrückte die wütende Frage, wozu, legte auf und ging, ziemlich ängstlich diesmal, zu Finchen.

Wenn sie gar nicht schlief? Die schlechten Gesundheitsdaten, die anstrengende lange Fahrt! Sollte sie nicht auf das erste Klingeln öffnen, nahm ich mir vor, würde ich umgehend ein Fenster einschlagen und versuchen, sie zu retten. Wenn es nicht sowieso schon zu spät war.

Nachdem ich mit zitternden Fingern den Klingelknopf gedrückt hatte, ging glücklicherweise die Haustür sofort auf. Sie musste hinter der Tür gestanden haben, anders konnte ich es mir nicht erklären. Der Stein, der mir vom Herzen fiel, hatte vielleicht kurzzeitig mein Zeitgefühl angeschlagen. Tante Josefine lebte jedenfalls und schien nicht besonders krank zu sein.

„Was willst du denn noch so spät hier? Ich gehe jetzt zu Bett, erzählen können wir auch morgen noch!"

„Hast du deine Medikamente genommen? Besonders die Zuckerspritze?"

„Brauche ich nicht, der Zucker ist grade nicht sehr hoch!"

„Woher willst du das denn wissen?"

„Weiß ich eben. Im Heim haben sie sich heute früh schon so aufgeregt, jetzt fang du nicht auch noch damit an! Außerdem ist die Medizin im Koffer, der ist nicht da. Morgen rufe ich Monika an, die soll meine Sachen packen und sie mir bringen. Nächste Woche wird sie schon irgendwann Zeit dazu haben. Und jetzt, gute Nacht!" Damit schlug sie die Haustür vor meiner Nase zu.

Ich rief also noch einmal beim Bereitschaftsarzt an, der jetzt sofort tätig wurde. Indem er mir den Weg zu seiner Praxis erklärte, wo ich eine Verordnung abholen solle, und in welcher Notdienstapotheke ich damit ein Diabetesmedikament erhalten würde, das, unabhängig von der individuellen Einstellung, wirklich *jeder* nehmen könne. Und außerdem seien die Werte sicher nicht mehr so hoch, nicht, nachdem seit der letzten Messung ein ganzer Tag vergangen sei. Jedenfalls sei es wichtig, dass die Tante gleich am nächsten Morgen eine Tablette bekam, „denn wir wollen doch nichts riskieren!"

Die Praxis befand sich im äußersten Nirgendwo des Landkreises, die Notapotheke in der anderen Richtung, doch nach kaum zwei Stunden hielt ich das Medikament in Händen, fuhr total erledigt heim. Ich war längst bettreif und schon im Begriff dies umzusetzen, als mich das blöde Telefon schon wieder störte. Diesmal ein männlicher Polizist verständigte mich, dass ich zu Finchens Haus zu gehen hatte, um den beiden Kollegen, welche losgeschickt worden waren, um nach der abgängigen Heimbewohnerin zu sehen, doch bitte Einlass zu verschaffen.

Zwei sehr junge Polizisten erschienen, die allem Anschein nach noch nie eine Türklingel betätigt hatten. Ich musste ihnen diesen Dienst erweisen. Finchen erschien. Ihr Aufzug war einzigartig. Nachthemden waren ja keine da. Unter der Bettdecke, in die sie sich gewickelt hatte, lugten nackte Beine heraus, keine Zähne im Mund, das Haar verwurstelt. Ohne ihre Brille sah sie nicht so genau, wer sie da gestört hatte und bellte nur ungehalten „Was ist denn schon wieder?"

Wenn mich jemand aus dem Tiefschlaf holt, sehe ich bestimmt auch nicht besser aus. (Mit Ausnahme der Zähne, die bei mir echt sind).

Nachdem ich ihr erklärt hatte, dass zwei Polizeibeamte hier seien, um noch einmal nach ihr zu sehen, wurde ihr Umgangston wesentlich freundlicher. Sie machte immerhin die Außenbeleuchtung an, bat die Polizisten ins Haus. Was die dankend ablehnten. Katze hatte bereits wieder ganze Arbeit geleistet, unangenehme Duftwolken zogen aus der Wohnung. Das Gespräch fand zwischen Tür und Angel statt. Ich stand etwas abseits und lauschte.

„Endlich kümmert sich die Polizei um mich, wie schön, vielen Dank dafür! Bleiben sie heute Nacht hier, um mich zu bewachen? Denn der Herr Tourniere…"

Es folgte eine längere Aufzählung der Untaten des Jean Tourniere. Irgendwann hatten die Polizisten genug gehört. Sie verabschiedeten sich, nicht ohne mir zu verstehen zu geben, es sei keinerlei Grund zur Aufregung vorhanden, mit der alten Dame sei alles in bester Ordnung, keine weiteren Maßnahmen erforderlich. „Kümmern sie sich gut um ihre Tante!"

Ich hätte mit schon Maßnahmen gewünscht. Zum Beispiel, dass man die Tante umgehend durch das Rote Kreuz zurück nach Ruhpolding bringen lasse. Oder wenigstens am nächsten Tag. Nichts dergleichen geschah.

Neben vielen anderen, notwendigen Telefonaten gönnte ich mir am nächsten Tag einen Anruf bei der zuständigen Dienststelle der Polizei. Ich erkundigte mich, welcher Art die Ausbildung der angehenden Beamten im Bezug auf Gerontopsychologie eigentlich sei, und erfuhr, dies käme in der Ausbildung überhaupt nicht vor. Ach, nein? Hätte ich gar nicht gedacht!

Ich fand übrigens gegen Monatsende auf Finchens Poststapel – um den sie sich kümmerte, wenn sie gerade daran dachte, und der daher ständig wuchs - eine Liquidation über die ärztlichen Bemühungen des Bereitschaftsarztes. Manchmal hätte man echt Grund zum Kotzen!

Bevor ich Samstag vormittags zu Finchen ging, hatte ich bereits das Nötigste an Lebensmitteln besorgt, sogar an Katzenfutter hatte ich gedacht. Und natürlich einen größeren Vorrat an Wasser, damit sie etwas hatte, bis Egger den Haupthahn wieder aufdrehte.

Tante Josefine empfing mich ausgeschlafen und bestens gelaunt. Die Sonne wärmte gut genug, dass wir uns vor das Häuschen setzen konnten, wo sie mir die weitere Geschichte ihrer Flucht erzählte.

Am Rosenheimer Bahnhof hatte sie gar nicht erst versucht, einen Fahrschein zu erwerben. „Das wäre ja sofort aufgefallen. Niemals hätte man mich in einen Zug einsteigen lassen, das kann man sich mit fünf Fingern ausrechnen. Dann wäre ich gleich wieder im Altenheim gelandet. Dort wollte ich auf jeden Fall weg. Lügenpack, verdammtes! Hättest du gedacht, dass man mich derart belügen kann? Ich hatte mich so darauf gefreut, bei barmherzigen Schwestern leben zu dürfen – was war? Keine da. Keine einzige Nonne weit und breit. Nur lauter normale Frauen. Die verstehen doch nichts von alten Leuten; das musste ich, du erinnerst dich, früher schon am eigenen Leib spüren. Es war eigentlich nicht anders als in dem Seniorenheim, wo ich vorher war. Wer sich von den Weibern alles mit Tourniere verbündet hat – ich mag nicht mal daran denken!"

Statt dessen wechselte sie ohne viel Aufhebens das Taxi und reiste ein paar hundert Kilometer bequem nach Hause, brauchte nicht umzusteigen – und zahlte dafür sehr viel Geld. Den genauen Betrag wollte sie nicht nennen.

„So teuer war das gar nicht. Wenn der Taxifahrer nicht mein ganzes restliches Geld gestohlen hätte, etwa 500 Euro, wäre es sogar billiger als mit der Bahn gewesen. Als ich gemerkt habe, dass der mit Tourniere gemeinsame Sache macht, war es schon zu spät. Dann hätte ich jetzt auch noch meinen Gehstock. So aber – weg!"

10

Herbst und Winter kamen und gingen. Tante Josefines Angstpsychose verstärkte sich zusehends. Tourniere war beinahe allgegenwärtig. Irgendwann hatte ich genug von den immer häufiger stattfindenden Übernachtungsaktionen, und so überließ ich oft der Polizei die Aufgabe, Finchen zu beruhigen. Bekam Finchen nachts eine Angstattacke, hinderte ich sie nicht mehr daran, über Notruf eine Streife anzufordern. Schließlich hätte man auf ihre Flucht auch anders reagieren können. So aber sollten sie auch an den Folgen teilhaben – nicht immer nur ich!

Mindestens zwei bis drei mal pro Woche mussten Streifenwagen vorfahren, stets nachts. Finchen hatte schon wieder schwere, genagelte Stiefel über ihre Veranda poltern hören, es rumorte auf ihrem Dachboden, vergiftete Strahlen drangen durch die Wände. „Ist es möglich, dass sich ein Marder unter den Dachbalken eingenistet hat?" „Nein, kein Marder, ein Mörder!"

Einmal, es ging schon gegen Morgen, erkundigte sich der diensthabende Beamte telefonisch bei mir nach Finchens Geisteszustand. Da hatte sie Tourniere beschuldigt, soeben ihre Gans gestohlen zu haben. Sie habe zwar derzeit kein Geflügel, was allerdings Tourniere nicht daran hindere, einen Diebstahl zu begehen. Meine Standardantwort lautete, ich sei leider kein Psychiater und in diesen Dingen daher nicht bewandert. Man kündigte mir Folgen an. Unnötigerweise Alarm zu schlagen sei strafbar. Konnte mir ja egal sein. Ich rief doch nicht an!

Kurz danach setzten sich die Mahlwerke der Behörden in Bewegung. Ein amtlich bestellter Psychiater statte Finchen einen Besuch ab. Nach dessen Diagnose, schwere Angststörung, Hilflosigkeit und Verwahrlosung, wurde mir vom Amtsgericht vorge-

schlagen, die rechtliche Betreuung für Tante Josefine zu übernehmen. Jemand müsse für Abhilfe sorgen. Ich lehnte ab. Eine rechtliche Betreuerin sollte ein Mindestmaß an Durchsetzungsvermögen besitzen. Ich habe keins.

Die Amtsbetreuerin, die daraufhin eingesetzt wurde, besorgte
einen Gerichtsbeschluss, und Finchen wurde in eine psychiatri-
sche Einrichtung gebracht. Für mich grenzte die Aktion an Frei-
heitsberaubung. Ich musste mit ansehen, wie Sanitäter, Betreuerin
und eine Polizeibeamtin Finchen aus ihrem Haus führten, in einen Wagen verfrachteten und abfuhren. Auf meine entsetzte
Frage, was jetzt weiter geschehe, beschwichtigte man mich. Der
Aufenthalt sei nur vorübergehend geplant, je nach Besserung ihres Zustandes würde sie bald zurückkehren dürfen. Vorher
müsse allerdings ihre Wohnung gründlich gereinigt werden, der
augenblickliche Zustand sei unverantwortlich. Das schien mir
sinnvoll zu sein, und schon bald darauf rückte ein Reinigungsun-
ternehmen an. Ich hoffte inständig, dass Egger diesmal die Katze
endgültig behalten würde. Was nicht der Fall war. Aber immerhin lebten die Hühner bis auf weiteres in Eggers Stall.

Einige Wochen später durfte ich Tante Josefine aus der Psychi-
atrie abholen. Von Tourniere hatte man sie medikamentös befreit.
Leider waren auch die sympathischen Trugbilder wegtherapiert
worden. Nicht mit *einem* Psychopharmakon, sondern mit Hilfe eines größeren Sortiments an Pillen und Tropfen. Auf den ersten
Blick schien sie nicht besonders verändert zu sein. Mir fiel nur auf,
dass ihre Hände häufig zitterten. Der zuständige Stationsarzt trug
mir auf, welche Arznei ich ihr zu welcher Uhrzeit einzugeben
hätte. Er zuckte nur die Schultern, als ich antwortete, ich sei tags-
über nicht zuhause. „Die zeitlich ordentlich abgestimmte Verab-
reichung spielt bei diesen Medikamenten eine große Rolle. Darauf
muss ich bestehen. Lassen sie sich etwas einfallen, dass das
klappt."

Es klappte nicht. Das fiel mir auf, als wir im Frühsommer unsere sonntäglichen Zusammenkünfte im Sonnenschein wieder aufnahmen. Finchen war müde und geistesabwesend. Während sie wie gewohnt Geschichten erzählte, erschrak ich häufig, weil sie mitten im Satz einschlief. Sie sang praktisch nie mehr. Die Medikation stimmte sie milde, so dass ich kaum noch beschimpft wurde. Selbst als ich mich weigerte, aus der Wohnung eine bestimmte Sorte Tabletten zu bringen, nahm sie das hin.

„Ich bin sicher, dass du die erst wieder abends einnehmen sollst. Morgens etwas für Zucker und Blutdruck, und später noch die Tropfen aus der grünen Flasche. Deine Mittagsdosis hast du schon hinter dir, alles andere musst du erst zum Schlafen nehmen."

„Na, das mache ich aber anders. Ich nehme die Sachen immer dann, wenn ich spüre, ich brauche sie."

„Das kannst du doch gar nicht spüren!"

„Doch, doch", antwortete sie gelassen. „Aber wenn ich jetzt nichts bekomme, nehme ich es eben später."

Bei nächster Gelegenheit besorgte ich eine Dosierkassette, sortierte die Medikamente nach Wochentag und Tageszeit, stellte für jede Dosis Tropfen kleine, mit großen Lettern beschriftete Plastikbecher bereit. Erfolg gleich Null. Bei meinem nächsten Besuch stellte ich fest, dass alle Fächer der Kassette kreuz und quer durcheinander lagen, manche noch voll, andere geleert. Und Finchen war es immer noch schwindelig.

Langsam wurde mir klar, warum Finchen so häufig über Schwindel klagte. Auch die Sehstörungen, unter denen sie litt, fanden eine Erklärung. Wer so stark wirksame Medikamente wahllos und unkontrolliert einnahm, als handle es sich um viele bunte Smarties, hatte Glück, wenn nichts Schlimmeres geschah!

Ich sprach der Amtsbetreuerin meine Sorgen auf Band – ans Telefon ging die nie – und regte an, einen Pflegedienst zu bestellen, sei es auch nur zur Medikamenteneingabe. Worauf jedoch keine Reaktion erfolgte.

Schlimmeres geschah kurze Zeit später an einem frühen Sonntagmorgen. Egger weckte mich auf, indem er bei mir Sturm läutete. Barsch fuhr er mich an: „Sehen sie sofort nach ihrer Tante. Die reagiert nicht auf die Türglocke, obwohl ich es -zig mal versuchte. Sie müsste längst wach sein. Irgendetwas kann da nicht stimmen!"

Der frühe Sonntagmorgen ist nicht wirklich meine Zeit, aber natürlich ging ich umgehend zu Finchens Haus. Eggers Aussage, dass Finchen um diese Uhrzeit längst auf und angezogen sein sollte, traf zu. Sie ging, solange ich sie kannte, zeitig zu Bett und stand mit den Hühnern auf (auch wenn sie zur Zeit keine hatte). Ich läutete mehrmals, schlug fest gegen die Türe, pochte an die Fensterscheiben und war ziemlich ratlos. Dann glaubte ich, ein leises Wimmern zu vernehmen. Ich rief laut ihren Namen, und das Wimmern wiederholte sich. Oh, weh! Sie musste gestürzt sein und hilflos irgendwo in der Wohnung liegen. Das hatte ich schon lange kommen sehen. Ich wusste, um hilflose Personen zu bergen, ist die Polizei die richtige Ansprechstelle, und wählte die Notrufnummer. Man versprach mir, sofort das Nötige einzuleiten. Im nächsten Augenblick ging schon die Alarmsirene, nach kurzer Zeit brauste mit Tatü Tata und Blaulicht ein Feuerwehrwagen herbei, gefolgt von einem Streifenwagen sowie einem Auto vom Rettungsdienst.

Das Türschloss wurde mit Spezialwerkzeug geöffnet, die beiden Riegel gewaltsam aufgebrochen. Dann das versperrte Schloss der inneren Dielentüre. Als es schließlich gelungen war, auch die abgeschlossene Türe von Finchens Schlafzimmer zu öffnen, schickte man mich als erstes hinein. Finchen sollte ob der vielen

Männer in Feuerwehrkluft, die in ihr Haus eindrangen, nicht zusätzlich erschrecken.

Wie befürchtet, lag sie sie der Länge nach zwischen Bett und Kleiderschrank in ihrer engen Stube. Sie war bei Bewusstsein und lächelte sogar schwach, als ich ankündigte, es seien Menschen hier, die ihr helfen würden.

Das kleine Lächeln wurde recht schnell von einem schmerzverzerrten Gesicht und lautem Stöhnen abgelöst.

„Ich dachte schon, ich müsste hier sterben. Man soll mich dringend in die Klinik bringen, ich habe unerträgliche Schmerzen. Deshalb kann ich nicht alleine aufstehen. Ich glaube, ich habe ein paar Rückenwirbel gebrochen!"

Ein Rettungssanitäter überzeugte sich, dass Finchens Vitalwerte soweit stimmten, dass sie bedenkenlos abtransportiert werden könne. Man brachte eine Trage und versuchte, begleitet von schrillen Schmerzensschreien, Tante Josefine sorgsam darauf zu betten. Das gelang erst, nachdem ein Sanitäter ihr eine hohe Dosis eines Schmerzmittels eingeflößt hatte. Um umgehend festzustellen, dass man mit der Bahre keinesfalls durch die verwinkelte Diele hinaus kam.

Inzwischen hatte sich, angezogen von dem Aufstand auf der Straße und den lauten Schreien, ein Großteil der Nachbarschaft vor dem Haus versammelt. Egger gab kluge Ratschläge; ein Polizist ersuchte ihn streng, still zu sein und Abstand zu halten. Egger zog beleidigt ab. Selbst in solchen Situationen gab es also noch erfreuliche Momente!

Der nächste Versuch erfolgte mit einem Rettungsstuhl. Darauf kann ein Patient zwar nicht so bequem liegen, er hat aber den Vorteil, dass die Retter damit wendiger sind, auch in engen Hausfluren. Und den Nachteil, dass Finchen nun noch greller Zeder und Mordio schrie. Sie schrie, was ihre Stimme hergab. Machte ihren Körper vollkommen steif, sodass sie nicht zu bewegen war. Nun sind Rettungssanitäter bekanntlich sehr gut ausgebildet und darin geübt, auch mit schweren Fällen adäquat umzugehen – bei Finchen stießen sie an ihre Grenzen.

Man beschloss, den Fall in die Hände eines Notarztes zu legen. Dummerweise waren alle Notärzte der Umgebung mit der Versorgung der Verletzten einer Massenkarambolage auf der nahen Autobahn beschäftigt. Der sich als einzig erreichbar erwies, wurde eine Viertelstunde später mit dem Hubschrauber eingeflogen. Die Nachbarn sperrten ihre Münder noch weiter auf.

Er injizierte Tante Josefine Beruhigungsmittel und ein morphiumhaltiges Medikament. Das wirkte so gut, dass Finchen nach wenigen Minuten, offensichtlich jetzt schmerzfrei, auf dem Tragestuhl Platz nehmen konnte. „Fliege ich jetzt im Hubschrauber?", fragte sie entzückt und war einigermaßen enttäuscht, als man das verneinte.

Während man sie zum Sanitätswagen schleppte, verhandelte sie – allerdings vergeblich – darüber, in welches Krankenhaus sie gebracht werden wollte. „Denn die sind nicht alle gut! In einem hat man bei einer Operation sogar so gepfuscht, dass mein einer Arm kürzer ist als der andere. In dem anderen wurde mein Rücken versaut, da gehe ich jetzt nicht, und überhaupt niemals, hin!"

Bevor man sie endgültig in den Krankenwagen schob, rief sie nach mir. Ich solle ihr rasch ihren Gehstock bringen. Mir war nicht klar, wofür sie den Stock brauchte, gehorchte aber aus alter Gewohnheit. Sie forderte mich auf, die Katze zu füttern, ein paar Sachen zu packen, das Haus gut abzusperren und dann ins Krankenhaus nach zu kommen. Und ja die Schlüssel nicht verlieren, die sollte ich ihr in der Klinik sofort übergeben. Dass die Schlösser gerade unbrauchbar waren, hatte sie noch nicht realisiert.

Es gab nun nichts Interessantes mehr zu sehen und die Nachbarn verzogen sich in ihre Häuser. Ich öffnete alle Fenster sperrangelweit, um etwas Luft zu bekommen, während ich rasch einige Nachthemden und Toilettenartikel packte. Dann hob ich das ordentlich gefaltete Badetuch auf, das unter Finchens Kopf gelegen hatte. Wie das dort hin kam, konnte ich mir nicht erklären. Erst später erkannte ich darin Sinn und Zweck. Finchen lag gerne mit dem Kopf erhöht! Die Katze hatte sich in der Aufregung unbemerkt verkrümelt. Sollte sie ruhig ihre Freiheit genießen, bestimmt käme sie von selbst wieder. Was genauso passierte.

Im Krankenhaus musste ich warten, bis Finchen alle möglichen Untersuchungen durchgestanden hatte. Erst danach könne man ihr ein Zimmer zuweisen. Es stellte sich heraus, dass ein Bett im Krankenzimmer unnötig war. Das MRT hatte ergeben, dass Tante Josefines Rückenwirbel und auch alle anderen Knochen völlig in Ordnung waren. Der Sturz rührte vermutlich vom Schwindel, da könne man nichts tun. Aufpassen müsse man eben auf die Tante, dann passiere so etwas auch nicht.

So nahm Finchen gelassen ihren Gehstock, ich führte sie langsam zum Wagen und wir fuhren zurück nach Hause. Unterwegs versuchte ich, aus ihr heraus zu bekommen, was eigentlich genau geschehen war, bevor sie gefunden wurde. Sie erinnerte sich, dass sie beim Aufstehen ein starkes Schwindelgefühl gehabt hatte. Sie konnte gerade noch eine Unterlage für ihren Kopf aus dem Schrank holen, dann lag sie auf einmal da und kam nicht mehr alleine auf. Starke Schmerzen hätte sie nicht gehabt, „aber wenn schon mal die Sanitäter da sind, können die ruhig etwas tun. Es schadet nie, sich ab und zu im Krankenhaus gründlich untersuchen zu lassen! Ich dachte mir schon, dass ich bald wieder heimfahre. Deshalb wollte ich auch den Gehstock mitnehmen. Aber Hubschrauber wäre bestimmt noch viel schöner gewesen, schade. Morgen müssen die Türschlösser repariert werden!"

Bevor ich losgefahren war, hatte ich der Betreuungsdame die neueste Entwicklung auf ihrem Anrufbeantworter hinterlassen.

Sie rief zwei Tage später zurück, als längst wieder alles seinen gewohnten Gang ging. Immerhin gelang es mir, ihr klar zu machen, dass ich mit der Verantwortung, die eigentlich sie größtenteils zu tragen gehabt hätte, aber seelenruhig mir in die Schuhe schob, nicht mehr fertig wurde. Kurze Zeit später organisierte sie, dass sich ein Pflegedienst um Hygiene, Ernährung und Medikamentengabe meiner Tante kümmerte. Und endlich eine Putzfrau, die auch einkaufte. Das war leider das einzige, was die Betreuerin an Gutem erreicht hat. Ihre restlichen Aufgaben nahm sie, wenn überhaupt, nur sehr nachlässig und unzuverlässig wahr.

Ab jetzt hatte ich deutlich weniger Aufgaben und umso mehr Zeit für die schönen Stunden mit Finchen. Nachdem die Tabletten jetzt ordentlich dosiert wurden, ließ das Zittern nach. Auch ihre Konzentration wurde besser. So gut das in ihrem Alter noch möglich war. Es gab wieder alte Geschichten, Lieder, Buttermilch und Tierfilme. Rasenmähen musste ich nun nicht mehr für meine Tante. Irgendwie hatte sie Rainer aufgetan, der diese Arbeit für sie erledigte. Stolz berichtete sie mir eines Tages, dass ein sehr hoher Amtsträger bei der Forstverwaltung sich nicht zu schade sei, mit dem Rasenmäher durch ihren Garten zu gehen. „Dabei hat der es überhaupt nicht nötig, nebenher Geld zu verdienen. Solch noble Herren wie Herr Rainer betrachten das als Ehrenpflicht."

Bis heute habe ich keine Ahnung, welch hohes Tier beim Forstamt Rainer wirklich ist. Als ich ihn kennen lernte, entpuppte er sich jedenfalls als ein überaus freundlicher, hilfsbereiter Mann; ich konnte gut verstehen, dass Finchen sehr von ihm angetan war. Und welche Funktion im Forstamt er auch immer ausüben mag - danke, dass er Finchen in ihrem Glauben ließ. Sie war so stolz darauf!

Während dieses Jahres musste Tante Josefine mehrmals ins Krankenhaus eingeliefert werden – nur noch zweimal mussten dazu die Türen aufgebrochen werden. Im Gegensatz zum ersten Mal, als sie uns alle mehr oder weniger ausgetrickst hatte, ging es ihr da tatsächlich nicht besonders gut. Aber sie erholte sich immer relativ schnell und zufriedenstellend.

Die Frauen und Männer, die der Pflegedienst schickte, versahen ihre Aufgaben mit hoher Kompetenz. Mich beeindruckte besonders die Gelassenheit und nie versiegende Liebenswürdigkeit, die sie Finchen entgegen brachten. Der Putzfrau war es gelungen, den Katzengestank zu beseitigen und neuen zu verhindern, indem sie Katze rigoros rauswarf. Die begriff rasch, wo sie ihr Geschäft erledigen durfte und wo auf keinen Fall.

Ich konnte endlich Finchens Wohnung ohne Ekel betreten und besuchte sie gerne. Wenn ich, schon bevor ich ins Haus kam, lauten Gesang hörte, wusste ich, heute war Mandy da. Die Pflegerin Mandy existierte praktisch nicht ohne ein Lied auf den Lippen. Waren ihre Kolleginnen freundlich, so war sie ausgesprochen herzlich. Sie ignorierte ihren eng getakteten Dienstplan, nahm sich Zeit, nach den üblichen morgendlichen Verrichtungen mit Finchen gemütlich am Tisch zu sitzen und in Ruhe gemeinsam zu frühstücken. Bestimmt opferte Mandy einen Großteil ihrer Freizeit dafür. Wobei ihr die Freude daran anzusehen war. Wie viele andere, kann Mandy meiner Dankbarkeit gewiss sein.

11

Die Frage, ob, wann und in welchem Altersheim Finchen künftig wohnen sollte, stand nicht mehr im Raum. Sie konnte bleiben, wo sie sich am wohlsten fühlte. Zu Hause. Manchmal erzählte sie noch von Ruhpolding, jetzt frei von Fernweh und Reiseplänen.

Es wurde Weihnachten. Heiligabend wird in meinem Haus stets groß gefeiert. Familie und viele Freunde versammeln sich. Das Wohnzimmer wird zu diesem Zweck umgeräumt, sodass eine große Festtafel aus aneinander gestellten Tapeziertischen aufgebaut werden kann. Es gibt traditionell in Sahne eingelegte Heringe. Dazu frische Pellkartoffeln. Darauf freuen sich meine Gäste das ganze Jahr. An Alkohol wird nicht gespart, und auf die Nussecken, die meine Freundin Conny so köstlich macht wie niemand sonst, stürzt sich die Meute, als gäbe es nichts anderes. Irgend einer sorgt für ein leckeres Dessert.

Nicht wissend, ob es gut gehen würde, beschloss ich, dass Finchen dieses Festmahl mit uns begehen sollte. Das Pflegepersonal sah keinen Grund, es nicht zu versuchen. Die Medikation war optimal eingestellt, den Abend würde sie gut durchhalten.

Man führte Finchen in mein Haus. Der Pfleger versprach, sie nach dem Essen abzuholen und sie heute ausnahmsweise erst viel später zu Bett zu bringen.

Tante Josefine thronte am Kopfende der Tafel. Noch bevor das Essen aufgetragen war, kritisierte sie lauthals und zu aller Anwesenden Belustigung meine Kleidung: "Heute ist doch Weihnachten, nicht wahr? Was läufst du denn da in Jeans herum? Hast du kein festliches Kleid? Oder ein schönes Dirndl?"

Mit Appetit verspeiste sie eine Portion Sahneheringe, verkniff sich dennoch nicht laut geäußerte Kritik. "Der Fisch schmeckt ganz gut, das muss ich zugeben. Aber Hering an Weihnachten? Für Gäste? Kannst du nicht, wie jeder andere, einen ordentlichen Braten und Klöße anbieten?" Lauter Protest ertönte:

„Das soll sie gar nicht versuchen. Wir wollen die Heringe und nichts anderes."

„Na, wenn das so ist…", Kopfschütteln bei Finchen, die Gäste schmunzelten.

Alles in allem war Finchen ausgesprochen gut gelaunt, gab lustige Antworten, sang lauthals Stille Nacht, wunderte sich, dass niemand einstimmte, ließ sich dadurch aber nicht aufhalten.

Die Zeit verging schnell, schon kehrte der Pfleger zurück und wollte Finchen ins Bett schaffen.

Protest: „Nicht so schnell, junger Mann! Wir sind noch nicht fertig, ich will schließlich auch etwas vom Dessert."

Der Pfleger, sehr gutmütig, gestand ihr eine halbe Stunde zu; solange würde er im Auto auf sie warten. Das kam nicht in Frage. Ich stellte ihm einen Stuhl an den Tisch. Die angebotenen Heringe lehnte er dankend ab. Ein Löffelchen vom Nachtisch würde er sehr gerne probieren. Und ein ganz kleines Gläschen Bier nahm er auch an. Dabei blieb es, obwohl Finchen ihr Möglichstes gab, ihm viele weitere Gläschen Bier aufzunötigen und alle Register zog, den Aufbruch hinaus zu zögern. An ihrem Fingerhut voll Bier nippte sie wie ein Vögelchen. Nach zwei Schluck verkündete sie, sie sei schon ganz betrunken, was aber egal sei, „schließlich ist nicht jeden Tag Weihnachten, prosit!"

Als Dessert gab es Schokoladen-Mousse. Finchen sah die braune Masse auf ihrem Teller misstrauisch an:

„Was soll denn das sein? So etwas habe ich noch nicht gesehen. Kann man das essen?"

„Es ist Schoko-Mousse, probier mal, die ist lecker!"

„Kenne ich nicht. Was ist das nochmal?"

„So eine Art Schokoladenpudding, nur feiner."

„Ach so. Dann bring doch bitteschön die Vanillesoße, die dazu gehört."

Dass es keine Vanillesoße gab, konnte sie nicht fassen. Aber die Mousse schmeckte ihr auch ohne.

„Dann beginne ich schon mal ohne Soße mit dem Pudding. Bis du die endlich bringst, sind wir alle satt!"

Sooft sich jemand vom Tisch erhob, wurde er von Finchen erinnert, endlich die Soße aus der Küche zu holen, bevor die dort verschimmeln würde.

„Früher war mehr Vanillesoße!" zitierte einer meiner Gäste.

Kurz nach Neujahr erlitt Finchen leider einen Herzinfarkt und erholte sich nie wieder richtig davon. Sie war zum Pflegefall geworden. Auch ihre mentalen Fähigkeiten nahmen zusehends ab. Ob sie jemals wieder in der Lage sein würde, alleine zu gehen, war anzuzweifeln. Ihre Kraft reichte nicht dazu. Vorläufig musste sie im Rollstuhl bleiben. Aus der Klinik wollte man sie erst entlassen, wenn zuhause intensive Pflege gewährleistet wäre.

Die Betreuungsdame hielt es für einfacher, meine Tante in einem Pflegeheim unterzubringen. Tante Josefine war es nun gleichgültig, wo sie sich aufhielt. Sie nahm nur noch wenig von ihrer Umgebung wahr. Da ich ich nicht gefragt wurde, konnte ich nicht verhindern, dass die Betreuerin ein Altersheim auswählte, das für mich, rein aus Zeitgründen, schwer zu erreichen war. Es lag von meinem Arbeitsort über eine Fahrstunde entfernt, ich hatte keine Chance, nach Feierabend mal kurz vorbei zu schauen. So spät war im Heim längst Bettruhe.

Anfangs versuchte ich, sie zumindest an einigen Sonntagen zu besuchen. Da erkannte sie mich noch; spätestens wenn ich meinen Namen nannte, wusste sie, wer ich bin. Zu irgendeiner Art von Gespräch war sie selten in der Lage. Aber sie freute sich, wenn ich sie zu einem hellen Plätzchen schob, mich zu ihr setzte und aus einem Buch ´Heilgengeschichten unserer lieben Jungfrau Maria´ oder ´Tiere auf dem Bauernhof´ vorlas. Wenn ich merkte, das sie nicht mehr zuhörte, weil sie eingenickt war, übergab ich sie einer Pflegekraft und ging. Im Sommer suchten wir uns einen sonnigen Platz im Park des Altenheims. Gelegentlich konnte sie mir den Weg dorthin beschreiben. Hätte ich immer darauf gehört, hätten wir auch gut im Teich bei den Goldfischen landen können. Über einige Monate hielt dieser Zustand an, dann wurde er nach und nach schlechter.

In dem Maß, wie sie mich weniger erkannte, verringerten sich meine Besuche. Ich erklärte, wer ich war, nämlich die Tochter ihres Bruders Rudi.

„Ach ja? Wohnst du auch hier? Wie war es in der Schule? Beeile dich lieber, dass der Bus nicht ohne dich abfährt!" Manchmal nannte Finchen mich Mama. Ich musste mich beherrschen, dann nicht in Tränen auszubrechen.

Zuweilen erinnerte sie sich an Personen aus ihrer Vergangenheit. Die meisten davon verortete sie ebenfalls in das Heim. Was mir das gute Gefühl gab, dass sie sich hier jedenfalls nicht einsam fühlte. Dass meine Besuche nicht mehr so häufig vorkamen, nahm sie nicht wirklich wahr. Meistens wunderte sie sich laut darüber, dass ich schon wieder da sei, ich wäre doch vorhin erst hier gewesen. Ihre Demenz bewahrte mich in großen Teilen vor Gewissensnöten.

Ein zweiter Herzinfarkt ereilte sie im frühen Winter. Oder auch nur ein leichter Schlaganfall. Dazu eine schwere Gastritis. Ich erfuhr nichts genaues, man berief sich auf Datenschutz und sprach nur mit ihrem neuen Betreuer. Die Dame, die sich früher um Finchens Belange hätte kümmern sollen, hatte das Amtsgericht ihrer Pflichten enthoben, nachdem sie lange genug wichtige Unterlagen verschlampt und die Bankkonten gründlich durcheinander gebracht hatte.

Ich war überrascht, dass ich Finchen nicht im Krankenbett vorfand, als ich ins Krankenhaus fuhr, sondern sie aufrecht und augenscheinlich recht frisch im einem bequem aussehenden Fahrsessel saß. Auch machte sie einen relativ klaren Eindruck. Was ein paar Infusionen zu richtigen Zeit alles ausrichten können!

Es war Essenszeit, und eine einfühlsame Krankenschwester begann soeben, Tante Josefine zu füttern – welche die Lippen fest zukniff und erklärte, nein, das Zeug esse sie nicht, sie habe Aufschnitt bestellt.

„Aber liebe Frau Josefine, wir waren uns doch eben einig, dass sie heute noch Schonkost essen. Morgen sieht es dann vielleicht ganz anders aus!" Finchen blieb eisern, der Mund fest geschlossen.

Die Geduld der Krankenschwester bewog mich zu der Frage, ob sie denn ein bisschen von den guten Sachen essen würde, wenn ich ihr dabei helfe? Es kam keine Antwort, ich versuchte trotzdem mein Glück. Zaghaft öffnete sie die Lippen. Der Löffel Suppe, den ich dazwischen schob, wurde umgehend ausgespuckt.

„Ja pfui Teufel, die Suppe hast du aber vollkommen versalzen, die kann man doch nicht essen!"

„Wenn überhaupt jemand sie versalzen hat, war es der Koch, nicht ich", protestierte ich. Was Finchen veranlasste, mich aufzufordern, in die Küche zu gehen um ihr eine neue Suppe zu kochen, diesmal aber bitte richtig.

Irgend etwas musste sie schließlich zu sich nehmen, weshalb ich ein wenig Grießbrei auf den Löffel häufte und ihr anbot. Auch den schluckte sie nicht, behauptete, der sei gallebitter, und fuhr mich böse an, wo in aller Welt ich denn das Kochen gelernt hätte. Ich konnte es ihr nicht übel nehmen, sie kannte mich ja gar nicht mehr.

Das Kompott endlich mundete Tante Josefine.

"Das ist gut, das hast du nicht gekocht. Bestimmt kommt es aus der Dose."

Als wir damit fertig waren, erinnerte mich Finchen, nun selbst rasch meine Kartoffeln aufzuessen, „jetzt beeile dich gefälligst, wir müssten schon längst unterwegs sein! Und morgen machen wir uns schöne Spiegeleier, nicht wahr?"

Dann, als sei die der Oberkellner, befahl sie der Schwester, ihr die Rechnung zu bringen und ihren Mantel, wir hätten es ein wenig eilig. Wenige Minuten darauf saß sie, den Kopf auf ihr Kinn gesunken, im Sessel und schlief.

Ich wusste noch nicht, dass dies mein letzter Besuch bei Finchen war, den sie, zwar verwirrt, aber bei Bewusstsein, erlebte. Als ich meine Tante zum endgültig letzten Mal sah, lag sie, winzig klein und beinahe durchsichtig, in einem Pflegebett. Ich stand eine Weile neben ihr, hielt ihre Hand und wusste nicht, wie man richtig Abschied nimmt. Dann erklang leise das Lied vom Vogelbeerbaum in meinem Inneren. Ich sang mit, sang es für Finchen. Ich hoffe, sie hat es gehört.

12

Finchen machte sich am 28. Februar auf den Weg zu ihrem Herrgott. Sollte es ihn wirklich geben, haben bei ihm bestimmt auch ein paar Häschen auf sie gewartet.

Wenn auch gelegentlich vereinfacht, entsprechen die vorstehenden Erzählungen im Wesentlichen der Wahrheit. Im Gegensatz dazu ist die letzte, nun folgende Geschichte von A bis Z erstunken und erlogen. Aber sie gleicht vermutlich ziemlich genau der Todesart, die Finchen lange Zeit für sich befürchtet hat. Tourniere möge es mir bitte nicht übel nehmen. Ich versichere, er ist unschuldig, sein Busunternehmen floriert. Ansonsten begebe ich mich freiwillig ins Fegefeuer.

♣

Jean Tourniere, Sohn von Eltern hugenottischer Abstammung aus Erlangen. Verheiratet mit Gundi, geb. Landmann aus Beutelheim, lebt dort, hat neben dem Haus der Schwiegereltern neu gebaut und ist Taxiunternehmer. Krankenfahrten, Einkaufen mit älteren alleinstehenden Damen, selten mal was Größeres. Seit er auf dem Land lebt, wird er Tschann gerufen, der Turners Tschann. In seiner Jugend in Erlangen war er noch Jean, dort ist ein französischer Name nicht ungewöhnlich.

Das nach dessen Schlaganfall vom Schwiegervater übernommene Busunternehmen ging beinahe bankrott, als der junge Tschann die Ausschreibung für den regelmäßigen Busverkehr im

Auftrag der Deutschen Bahn verlor. Die Linien wurden großteils eingestellt, da nicht ausgelastet, die wenigen verbliebenen konnten nicht wirtschaftlich betrieben werden.

Im Folgejahr wurde sein Vertrag mit dem Landratsamt über den Schülertransport in die Kreisstadt geändert, da war es genau umgekehrt. Die Auslastung war enorm, er musste zusätzliche Fahrzeuge anschaffen. Das und die Kosten für weitere Fahrer, brach ihm finanziell das Genick. Tschann rastete kurz aus, stiefelte wutentbrannt zum Landratsamt, knallte mit den Türen, bezichtige den Landrat der Vetternwirtschaft (dessen Schwager den Zuschlag bekam) und riss beim Gehen noch das Kästchen mit den Wartenummern aus der Wand.

Nachdem dieser Vorfall Thema der nächsten Kirchweihpredigt geworden war, das Dorf sich darüber ausreichend amüsiert hatte und Tschann sich wieder eingekriegt hatte, bemühte er sich um eine Taxikonzession und investierte den verbliebenen Rest seines Geldes in einen gebrauchten Mercedeskleinbus. Er war froh, wenigstens das vor wenigen Jahren neu gebaute Haus zu behalten. Aber einfach war es nicht. Der Schwiegervater verhöhnte ihn aus dem Rollstuhl heraus als Pleitier, das passe so schön zu seinem französischen Namen, die Gemahlin schmollte wegen der nötigen Sparmaßnahmen, war aber zu verwöhnt, sich ihrerseits eine Arbeit zu suchen.

Josefine W., 84, noch rüstig, nicht unvermögende Witwe aus Breitenlohe, ist Kundin von Tschann, lässt sich von ihm wöchentlich zum Einkaufen fahren, mehrmals im Jahr zum Bahnhof nach Neustadt, um für einige Wochen zu verreisen. Tschann mag sie, obwohl sie, wie er es ausdrückt, nicht ganz rund dreht. Auf jeden Fahrpreis legt sie zwanzig Euro obenauf, dafür trägt Tschann ihre Einkäufe ins Haus. Und hört sich, meist mit heimlichen Schmunzeln, geduldig ihre verworrenen Geschichten an; die heilige Mutter Gottes kommt darin vor und eine Unzahl Heiliger, die sie alle persönlich kennt samt ihren Aufgaben im Himmel und auf Erden, und mit vielen Beispielen, wie sie ihr selbst schon geholfen haben, während sie mit ihren einsfünfzig auf dem Beifahrersitz thront. Er fährt ganz behutsam, denn sie hat viel Angst beim Autofahren, ruft zwischendurch den Heiligen Christopherus an und meldet hysterisch von ferne jeden LKW im Gegenverkehr, mein Gott, ist der groß, hoffentlich rammt der uns nicht?

Als sie das letzte Mal verreiste, waren sie schon per du und so gut Freund, dass sie ihm den Hausschlüssel anvertraute, so dass er nachsehen konnte dass nichts wegkommt, und das Kätzchen füttern. Dafür gab es einen Fünfziger extra, und es machte auch nicht viel Mühe, er kam ja täglich durch diese kleine Wohnsiedlung, in der fast nur ältere Menschen wohnten. Kleine Häuschen mit großen Gärten, wenig Hunde, viele Katzen. In den letzten sechs Häusern der Siedlung, bis hin zum Waldrand, wo die Straße als Flurstraße endete, lebten tatsächlich nur alleinstehende Witwen, die jüngste davon knapp über 60, die Älteste noch betagter als Lina. Da war er als Taxichauffeur gebraucht, irgend jemand hatte immer einen Arzttermin oder brauchte Einkäufe aus dem Dorf. Damit war der größere Nachbarort gemeint, wo es zwei Supermärkte sowie Bäcker, Metzgereien und einen Friseur gab, welcher ebenfalls häufig Fahrziel war. Jean hütete sich, die Damen auf mögliche Fahrgemeinschaften hinzuweisen, was zwar wenig ökologisch, aber sehr ökonomisch gedacht war. Noch einen Konkurs brauchte er nicht.

Als die alte Josefine von ihrer Reise vergangenen Sommer zurückkehrte, wurde, ohne dass Jean im Entferntesten ahnte, woran dies liegen könne, alles anders. Barsch forderte sie ihren Hausschlüssel zurück, zahlte ihm den genauen Fahrpreis, ließ ihn ihr Gepäck vor die Haustür tragen und verabschiedete sich knapp mit einem Kopfnicken.

Mit den Einkaufsfahrten war es ab da vorbei, Josefine beauftragte eine Verwandte, die es nicht übers Herz brachte, die kinderlose alte Tante hängen zu lassen, sie wöchentlich mit allem

Notwendigen zu versorgen. Jean war es egal, er hatte auch ohne sie genügend Fahrgäste, er kam über die Runden und hoffte, in wenigen Jahren die Schulden aus dem Konkurs beglichen zu haben.

Dass er Josefine nicht nur als Fahrgast verloren hatte, sondern dass sie ihn plötzlich aus tiefster Seele hasste und fürchtete wie den Satan (der häufig als Gegenspieler aller Heiligen in ihren Geschichten mitwirkte), bekam Jean erst langsam mit. Ein Stammtischbruder zog ihn beim abendlichen Schafkopfspiel in der Gastwirtschaft auf. Ob er, der Tschann, es jetzt schon nötig habe, einer alten Frau das Fahrrad zu stehlen? Auf die stummen Fragezeichen in Jeans Gesicht fügte er hinzu, dass Josefine genau dies bei der Versammlung des katholischen Frauenbundes letzte Woche verbreitet hatte, wo auch seine Mutter anwesend gewesen war. Jean nahm es nicht besonders ernst, knallte den letzten Trumpf auf den Tisch und strich grinsend die Einsätze ein.

Über die Wochen und Monate hinweg jedoch mehrten sich die Anschuldigungen und Verdächtigungen. Jetzt hatte Jean angeblich auch Josefines neues Gartenwerkzeug gegen altes rostiges Zeug getauscht, den Brennholzschuppen leergeräubert, versuchte nachts ihre Hühner zu stehlen. Via der katholischen Frauenbundmutter des Stammtischbruders erreichten Jean derartige Gerüchte.

Doch damit nicht genug. Josefine W. hatte mehrmals den Polizeinotruf gewählt, häufig mitten in der Nacht, und die Beamten aufgefordert, doch bitte diesen Turner Tschann festzunehmen. Der terrorisiere sie bei Tag und Nacht, hämmere an ihre Türen und Fenster, strahle mit hellen, vermutlich verseuchten Strahlen durch ihre geschlossenen Fensterläden, sodass es bei ihr ganz hell würde. Davon abgesehen, würde er sie seit langer Zeit bestehlen und beabsichtige, sie zu ermorden.

Die Polizisten reagierten mit großer Geduld, fuhren extra Runden mit dem Streifenwagen durch die Siedlung, sahen gelegentlich nach der alten Dame – die ihnen dankbar Schokoladentafeln schenkte - und als Frau W.s Angstattacken nicht nachließen, wurde der Amtsarzt geschickt, sie unter die Lupe zu nehmen. Eine leichte, altersgemäße Psychose, nicht besorgniserregend, war dessen Diagnose, und so ging es weiter mit Notrufen, Streifenfahrten, neuen Beschuldigungen.

Josefine W. beharrte darauf, dass die Polizei den Turners Tschann verhaften sollte und ließ mit diesem Verlangen auch nicht nach, als der diensthabende Polizist, der diesmal ihren Notruf entgegennahm, dafür sorgte, dass seine Kollegen am nächsten Tag auf dem Hof der Familien Landmann und Turner aufschlugen und ein ernstes Gespräch mit Jean führten. Das sorgte für diverse Reaktionen: verstärkten Spott beim Schwiegervater, Streit mit der Gemahlin, und das Schlimmste war, dass die Gerüchteküche im Ort heiß lief. Denn wenn nach all den Anschuldigungen, die beim Frauenbund laut wurden, dann ein Streifenwagen beim Haus des Verdächtigen vorfuhr – na, irgendwas ist ja immer dran, wer weiß schon so genau was dahinter steckt – erst der Konkurs, Ehekrise (die irgend jemand frei erfunden hatte, aber wie gesagt, man weiß ja nie...). Tschanns Leumund litt in dieser Zeit erheblich.

Richtig übel wurde es, als die Taxikonzession nur unter Vorbehalt verlängert wurde. Was mit den Gerüchten natürlich in keinerlei Zusammenhang stand, sondern diesmal tatsächlich damit, dass ein Neffe des zuständigen Beamten plante, ein größeres Personentransportunternehmen aufzubauen. Im Nachbarort. Was der Beamte selbstverständlich für sich behielt und irgend etwas von einem nicht so günstigen Leumund murmelte. Da platzte Jean zu ersten Mal seit langer Zeit wieder richtig der Kragen. Laut fluchend über die alte Hexe Josefine und das korrupte Beamtenpack im Landratsamt, fuhr er geradewegs in die Siedlung zu Josefines Häuschen, um ihr mal Klartext zu sagen, wo der Bartel den Most holt. Hatte sich, bis er dort war, aber wieder in der Gewalt, so dass er kopfschüttelnd über sich selbst die Flurstraße und ein gutes Stück über einen schlecht befestigten Waldweg zurück nach Hause fuhr. Nicht aufregen über die verrückte alte Kuh, redete er sich dabei gut zu, genoss es, wie der Schmutz der letzten Regenpfützen bis zu der Windschutzscheibe hoch spritze, - und der Hase, der ihm vor die Stoßstange lief, was kümmerte der ihn, hatte eben Pech gehabt.

Am folgenden Tag, einem sonnigen Frühsommermorgen im Juni, gegen 10 Uhr 30, fand ein Landzusteller der deutschen Post in der Siedlung eine Greisin auf der Straße liegen, tot. Er war an diesem Vormittag der erste, der durch diese Straße fuhr, zumal am hinteren Ende. Die älteren Witwen waren allesamt keine Frühaufsteher, sie saßen um diese Zeit bestenfalls beim Morgenkaffee und hatten das Haus noch nicht verlassen. Der Rollator lag zerstört in der Nähe, aus dem Korb waren ein paar leere Glasflaschen gerollt. Man nahm an, sie sei auf dem Weg zum Altglascontainer gewesen, keine fünfzig Meter entfernt.

Wie die Spurenaufnahme deutlich zeigte, war die alte Frau nicht nur überfahren worden und so zu Tode gekommen. Der Fahrer, der sie auf dem Gewissen hatte, war sogar noch zurück gefahren und hatte sie ein zweites und drittes mal überrollt. Zweifelsfrei mit Tötungsabsicht, anschließend Fahrerflucht. Das stand sehr schnell fest, doch wer um alles in der Welt sollte eine freundliche alte Dame umbringen wollen? Die tat doch keinem etwas, zwar fehlten paar Tassen in ihrem Schrank, na schön, war aber absolut harmlos und eine emsige Kirchgängerin.

Es wurden Spuren vermessen, etliches an Kreidestrichen auf die Straße gemalt, Reifenspuren fotografiert. Es wurden auch Zeugen befragt, beziehungsweise wurde nach Zeugen gesucht. Es fand sich genau eine Augenzeugin, die hatte angesichts des sonnigen Wetters ihren Kaffee auf der Veranda eingenommen. Von dort war die Sicht auf die Straße nur durch einen blühenden Goldregenbusch eingeschränkt, aber mit etwas gutem Willen konnte der ermittelnde Polizeihauptkommissar sich vorstellen, dass, zumal auch Neugierde im Spiel war, schon etwas gesehen worden sein konnte. Wenn man sich nur leicht zur Seite neigte.

Die Dame hatte auch nicht wirklich etwas von der Tat gesehen, vielmehr schwor sie, laute Motorgeräusche gehört zu haben, sehr laute, nicht so als wenn ein Auto vorüberfährt, sondern eben anders. Mit viel Vollgas. Das hatte sie deutlich gehört, als sie gerade in die Küche gegangen war, um sich noch eine Tasse Kaffee einzuschenken, um zehn Uhr, ziemlich genau. Gesehen habe sie dann nur, dass ein Kleinbus mit hoher Geschwindigkeit davon gebraust sei. So ein ähnlicher wie ihn auch der Tschann besitzt, der sie jede Woche zum Einkaufen ins Dorf fährt. Sie habe sich noch gefragt, was Tschann um diese Zeit wohl hier zu suchen hat und ob jemand krank geworden sei – so früh am Vormittag geht doch sonst hier niemand weg. Aber es führen ja mehrere solche Autos durch die Gegend, wahrscheinlich war es ganz jemand anderes. Dann habe sie sich wieder ihrer Morgenlektüre gewidmet, sei dann duschen gegangen und erst aufmerksam geworden, als dieser ganze Bohai auf der Straße vor dem Nachbarhaus losgegangen sei. Und jetzt ist also Josefine tot. Schade um sie, die hatte sie zwar schon länger nicht mehr alle, war aber sonst eine ganz nette Nachbarin. Gut, sie war in letzter Zeit etwas ungepflegt, hoffentlich wird man nicht selbst mal so in paar Jahren, aber schade, schade, und im Frauenbund wird sie eine Lücke hinterlassen, da war sie eine der eifrigsten.

Dem Hinweis auf den Wagen des Jean Tourniere wurde nachgegangen, zumal der Name des Halters mehrmals im Zusammenhang mit dem Namen des Opfers in polizeilichen Notizen auftauchte. Der Abgleich des Reifenprofils ergab keine wirkliche Übereinstimmung; die Fotos waren zu undeutlich. Der Wagen wurde gründlich untersucht, man fand neben viel Schmutz und

Schlamm etwas Blut, das sich als Tierblut entpuppte. Doch Herr Tourniere hatte für diese Zeit ein absolut glaubwürdiges und auch von Zeugen bestätigtes Alibi. Seine Ehefrau ebenfalls. Beide waren gemeinsam in die Kreisstadt Neustadt gefahren, um dort das im Orthopädiefachgeschäft bestellte Kreuzstützmieder abzuholen. Tourniere hatte es anprobiert und sodann mittels Scheckkarte bezahlt. Das Leben hinter dem Lenkrad ginge mit den Jahren gewaltig auf die Wirbelsäule, aber mit dem Mieder sei es jetzt schon besser. Der Beleg der EC Zahlung bestätigte die Uhrzeit; ebenso die Aussagen des Personals in dem Orthopädiefachgeschäft.

Man kam in diesem Fall nicht weiter. Nachdem sämtliche im Landkreis zugelassenen Fahrzeuge dieses Modells gleicher Farbe überprüft waren, und, da dies zu keinem Ergebnis führte, auch solche ähnliches Aussehens, was sie auch nicht weiter brachte, war man relativ ratlos. Die Ermittlungsakte wuchs im gleichen Ausmaß wie der Frust der Ermittler. Die Leiche der alten Josefine war freigegeben und bestattet worden, unter großer Anteilnahme der Ortsbewohner.

Bei den Versammlungen des katholischen Frauenbundes traten andere Themen in den Vordergrund. War nur der eine Sohn des Bäckers schwul oder beide? Diese Frage blieb ebenso offen wie die Frage der Polizei nach dem Verursacher des Todes der Josefine W.

Die Akte Tötungsfall zum Nachteil der Josefine W. sollte also vorläufig geschlossen werden, in der nicht allzu großen Hoffnung, eines Tages weiterführende Erkenntnisse zu gewinnen.

Während der leitende Ermittlungsbeamte darauf wartete, dass der Drucker die entsprechenden Papiere zur Vorlage bei der Staatsanwaltschaft ausspuckte, betrieb er, um die Wartezeit zu überbrücken, mit der Justizangestellten nichts sagenden Smalltalk. Sie plante für den Abend einen Besuch im Rennhofer Biergarten, der sei so geil, und besonders geil sei, dass es dank der

Zeitumstellung besonders lang hell bliebe, und so weiter. In diesem Augenblick klickte sich im Gehirn des Polizisten das entscheidende Zahnrad an der richtigen Stelle ein. Beschleunigten Schrittes eilte er in sein Büro und nahm sich nochmals das Ermittlungsprotokoll vor, studierte besonders aufmerksam die Passage über die Zeugenbefragung und die über den ermittelten Todeszeitpunkt. Er hatte recht, die Angabe des Todeszeitpunktes beruhte einzig auf der Aussage der Nachbarin. Man war davon ausgegangen, dass die von ihr vernommenen ungewöhnlichen Fahrgeräusche zeitlich unmittelbar mit dem absichtlichen Überfahren des Opfers übereinstimmten.

Der maßgebliche Sachverhalt ergab sich beim nochmaligen Besuch des Beamten bei der Augenzeugin. Auf die eindringliche Frage, zu welcher Uhrzeit genau diese die Unfallgeräusche vernommen habe, deutete sie genervt auf ihre Küchenuhr und wiederholte bockig, dass sie dies schon gesagt habe, es aber gerne nochmals wiederhole, zehn Uhr. Ein Blick auf seine eigene Armbanduhr bestätigte dem Beamten den Verdacht, den er seit dem Schwatz mit der Justizangestellten hegte: die Küchenuhr der Dame ging nach Winterzeit, also 1 Stunde nach. Er fragte, ob die Uhr schon am Tattag falsch gegangen sei, und erhielt die Antwort, nein, die Uhr ginge nicht falsch, sondern immer richtig, nämlich nach der Zeit die es schon immer gab, die komme schließlich von unserem lieben Herrgott; diese Unsitte Zeitumstellung sei doch gotteslästerlicher Unfug, bei dem sie noch nie mitgemacht habe und sie hätte es übrigens auch nicht vor.

Nachdem man Jean Tourniere nachgewiesen hatte, dass sein Alibi nicht mehr standhielt, gestand er, Josefine W. totgefahren zu haben – vorsätzlich, aber nicht geplant. Als er sie mühsam mit ihrem Rollator über die Straße humpeln sah, sei die Versuchung in ihm spontan übermächtig geworden, der üblen Nachrede und Leumundschädigung ein Ende zu bereiten.

Kurz darauf sah Landmann Senior schadenfroh lächelnd zu, wie sein Schwiegersohn, der Versager, der Pleitier und nun auch Mörder, in Handschellen abgeführt wurde.

Zeitfracht Medien GmbH
Ferdinand-Jühlke-Straße 7
99095 Erfurt, Deutschland
produktsicherheit@kolibri360.de